KB039888

국어 교과서 여행

중3 수필

중3 수필

국어
교과서
여행

한송이 엮음

스푼북

어울리며 나아갈 수 있길 기대하며

중학교 3학년인 여러분이 한 30년 쯤 뒤, 2020년을 회상하면 어떤 기억들이 남아 있을까요? '3월에 개학을 안 했어. 아니, 못 했지.', '3주에 한 번 학교 갔었잖아.', '여름에 마스크 쓰고 생활하는 건 진짜 덥고 힘들었어.' 등등. 그렇습니다. 온통 코로나19와 관련된 기억들만 남아 있을 것 같습니다. 2020년에 저는 고등학교 3학년 교과 전담이었습니다. 1년 내내 마스크를 쓴 채로 수업했고, 연말에는 코로나 상황이 더욱 악화되어 온라인으로 졸업식을 진행했습니다. 학생들과 저는 서로의 맨 얼굴을 본 적이 없어요. 고생했다고 토닥여 주지도 못했고, 졸업과 새로운 출발을 축하한다고 꼭 안아 주지도 못했습니다. 그렇게 힘들고도 아쉬운 한 해가 지나갔습니다.

코로나19로 인해 우리의 삶은 많은 부분이 변화하였습니다. 코로나 관련 뉴스들 중에서 '자가 격리 위반하고 외출한 ○○', '코로나 확진자 거짓 동선, 피땀 흘린 방역망 흔들' 같은 제목들을 볼 때가 있습니다. 또 다른 한편으로는 '남들 피해 안 주려고 아파트 23층서 엘리베이터 대신 계단 이용한 확진자', '꼼꼼히 기록한 확진자 동선' 과 같은 기사들을 접하기도 하지요. 《국어 교과서 여행: 중2 수필》 의 머리말을 쓰면서 '사람다움'에 대해 이야기했습니다. 수필은 결국 사람 사는 이야기입니다. 그래서 이번에는 '살아가는 방법'을 고민해 보려 합니다. 이 책의 1부는 '어울림', 2부는 '나아감'으로 구성되어 있습니다.

어울림이라는 단어의 사전적 정의는 '두 가지 이상의 것이 서로 잘 조화됨'입니다. 법정 스님은 글 〈직립 보행〉에서 "걷는 것은 얼마나 자유스럽고 주체적인 동작인가."라고 이야기합니다. "30리 길을 걸어 오면서, 이 넓은 천지에 내 몸 하나 기댈 곳을 찾아 이렇게 걷고 있구나 싶으니 새나 짐승, 곤충들까지도 그 귀소歸巢의 길을 방해해서는 안 되겠다는 생각이 들었다."라고 합니다. 단순히 걷는 행위를 하면서도 그 주체성을 깨닫고, 새나 짐승, 곤충들의 길을 방해하면 안 되겠다고 생각한 선승의 지혜에서 어울림의 자세를 배웁니다.

　나아간다는 것은 어떤 뜻이죠? '앞을 향하여 가다'라는 의미입니다. 앞이라면 어느 쪽을 말하는 걸까요? 남창훈 과학자는 〈탐구 여행을 위한 준비물〉이라는 글에서 "중요한 것은 질문을 멈추지 않는 것이다."라는 아인슈타인의 말을 인용하여 질문하기의 유용성에 대해 이야기합니다. 탐구는 질문에서 시작됩니다. '왜 모든 생명체는 나이를 먹으면 죽을까?', '왜 하늘은 파랄까?', '왜 손톱과 머리칼은 계속 자랄까?', '왜 가을이 되면 나뭇잎이 떨어질까?', '왜 가을 다음에는 겨울이 올까?' 등등 왜라는 질문은 끝이 없습니다. 질문하는 호기심과 그 답을 찾기 위한 노력이 우리를 앞으로 나아가게 합니다.

　자가 격리를 위반한 사람들, 자신의 동선을 숨기거나 거짓으로 알린 사람들은 우리와 잘 어울린 사람들일까요? 왜 어떤 사람은 자신의 동선을 꼼꼼히 기록했을까요? 왜 23층에서 엘리베이터를 타지

6

않고 걸어 내려왔을까요? 지구에 살고 있는 모든 사람들의 일상이 위태로운 2021년입니다. 팬데믹이 장기화되고 있는 상황에서 필요한 것은 어쩌면 감시와 처벌보다 자기 통제와 양심인지도 모릅니다. 어느 때보다 이해와 배려가 살아가는 방법임을 깨닫는 요즘입니다. 어울리며 나아갈 수 있길 기대합니다. 모두의 건강을 기원하며, 마스크를 벗은 얼굴로 여러분과 마주할 날을 기다립니다.

검단고 한송이 선생님

　이 책은 글쓴이의 경험을 다루던 수필에서 조금 더 깊이를 더해 여러 가지 삶의 방식과 우리 주변을 둘러싸고 있는 사회의 문제에 대해서 다루고 있습니다. 그래서 이것들이 우리가 먹는 음식들, 우리와 함께 사는 동물들, 우리가 타는 자동차 등 '나'와 '우리'가 일상을 누리며 어울려 사는 세상에 대한 또 다른 시선이라는 걸 알게 된다면 이 글들이 여러분 곁에 더 가까이 와 있음을 느끼게 될 것입니다. 그리고 문학과 예술, 경제의 원리, 우리 사회와 세계를 이해하고 탐구하며 앞으로 나아가는 방법도 알게 될 것입니다.

　이 책은 글쓴이의 생각들을 비판적인 관점에서 바라보고, 나만의 독창적인 의견을 제기해 보는 방법으로 읽어 보길 권합니다. 그렇게 읽어 나가다 보면 독서 능력의 향상은 물론 '미래의 나는 어떻게 살아가야 할까?' 하는 고민에 대한 힌트를 얻을 수도 있을 것입니다. 또한 여러분 앞에 놓일 넓고도 다양한 세계를 향해 씩씩하게 걸어갈 수 있는 지혜를 배울 수 있을 것입니다. 이 책 속의 좋은 글을 통해 여러분의 삶이 성숙되는 특별한 경험을 해 보길 바랍니다.

퇴계원고 박주연 선생님

이 책은 중학교 3학년 국어 교과서에 수록된 수필을 '어울림'과 '나아감'을 주제로 묶어 놓은 책입니다. 1부 '어울림'은 인간이 공존하며 살아가야 하는 존재임을 생각하게 합니다. 어울림의 대상을 사회적 소수자, 인간과 더불어 살아가는 모든 동물, 자연환경, 편리와 이기를 추구하다 사라져 가는 전통적인 가치까지 확장하여 함께 도와 살아간다는 공존의 의미를 가슴 깊이 느끼게 해 줍니다.

2부 '나아감'은 앞으로 우리가 발전해 가야 할 방향에 대해 생각하게 합니다. 발전은 있는 그대로를 수용하는 것이 아니라 호기심을 갖고 질문을 하며 변화와 혁신을 추구할 때 이루어진다는 점을 옛 그림을 읽는 방법, 기존과는 다른 참신한 문학 작품 해석 방법, 음식의 유래와 발전, 소비 심리를 활용한 마케팅의 방안 등 다양한 분야의 수필을 통해 일깨워 줍니다.

수필은 우리 일상을 소재로 자유롭게 기록한 글입니다. 쉽고 편안하게 다가갈 수 있어 매력적이지요. 사회, 경제, 예술, 인문, 과학 등 광범위한 분야의 수필을 통해 우리가 견지해야 할 '어울림'과 '나아감'의 자세를 생각하며 세상에 대한 넓은 시각과 깊은 사고력을 키워 보는 것이 어떨까요?

광명고 박한미 선생님

차례

1부 어울림

2부 나아감

"1부 '어울림'은 인간이 공존하며 살아가야 하는 존재임을
생각하게 합니다. 어울림의 대상을 사회적 소수자,
인간과 더불어 살아가는 모든 동물, 자연환경,
편리와 이기를 추구하다 사라져 가는 전통적인 가치까지 확장하여
함께 도와 살아간다는 공존의 의미를 가슴 깊이 느끼게 해 줍니다."

_'추천의 글' 중에서

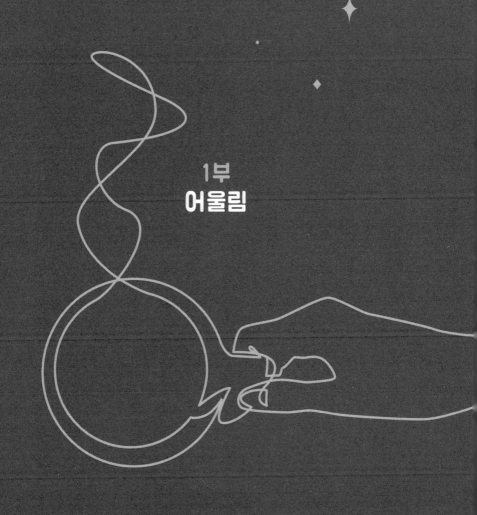

1부
어울림

그림엽서

곽재구

내가 그를 처음 만난 곳은 동네 목욕탕에서였다. 탈의장에서 옷을 벗다 말고 나는 한동안 그를 지켜보았다.

그는 한쪽 손으로 벽을 더듬어 가고 있었다. 탈의장 안에 다른 사람은 없었다. 얼마 되지 않아 그는 욕탕 문의 손잡이를 찾아내고는 곧장 안으로 들어갔다.

욕탕 안은 한산했다. 나와 그 외에 두 사람이 더 있었다. 그는 다시 손끝으로 벽을 더듬더니 샤워기 아래에 섰다. 손끝으로 물 온도를 가늠하던 그는 곧장 샤워를 했다. 비누질을 하고 두 번 거푸 머리를 감는 모습도 보였다.

샤워가 끝난 뒤에는 양치질이 있었다. 들고 온 작은 손가방에서 그가 칫솔을 꺼냈다. 그는 다시 한쪽 손으로 벽을 더듬어 가기 시작했다. 그의 손에 치약이 잡혔다. 그러나 그는 치약을 스쳐 지나갔다. 그가 찾는 것은 치약이 아니었다. 나는 얼른 소금통을 그의 앞에 옮겨다 놓았다. 그의 손끝이 소금통에 닿았다. 그 순간이었다.

"여기가 아닌데……."

그가 혼자 중얼거리더니 금세 내 쪽을 향하고서는 "고맙습니다." 라고 인사를 했다. 인사를 하면서 그는 환하게 웃었다.

그가 인사를 하는데도 나는 아무 말도 하지 못했다. '천만에요. 괜찮습니다. 무슨…….' 욕탕 안에서 혼자 생각해 보았지만 정말 적당한 대꾸를 찾을 수 없었다.

양치질을 끝낸 그가 시작한 일은 면도였다. 나는 그가 거울 앞에 서서 얼굴에 비누질하는 것을 보았다. 손가방에서 꺼낸 면도기로 쓱쓱 면도를 했다. 면도기가 지나간 쪽을 손바닥으로 한번 만져 보고 거울에 비춰 보는 듯한 시늉을 할 때는 피식 웃음이 나왔다.

그의 목욕은 아무 탈 없이 끝났다. 아니 탈의실로 나가는 과정에서 한 번의 작은 실수가 있었다. 그가 욕탕 문을 열고 탈의실로 나가는 순간, 곁에 비켜서 있던 한 손님과 몸이 부딪쳤다. 손님은 금세 상황을 이해했다. 그는 "미안합니다." 하고 허리를 굽혔다.

"허 참, 이런 일이 없었는데……."

그는 혼자 그렇게 중얼거렸다. 그러면서 또 밝게 웃었다. 나는 그가 자신의 옷장을 찾아 옷을 입고 양말을 신는 모습을 보았다.

내가 그를 두 번째 본 곳은 불로동 다리 위에서였다. 불로동 다리는 광주천에 놓인 다리 중 가장 작고 가장 낡은 다리였다. 승용차 두

대가 겨우 비켜 가던 이 다리는 무너진 성수 대교 덕분에 완전히 사람들 차지가 되었다.

차량 통행이 금지되면서 솜사탕 장수와 군고구마 장수가 다리 한편에 들어서기도 하고, 여름밤 같은 때엔 다리 바닥에 신문지를 깔고 모여 앉아 소주를 마시는 시민들도 왕왕 생겨났다. 다리 난간에 기대서서 꽤나 낭만적인 포즈를 취하는 연인들의 모습 또한 심심찮게 눈에 띄었다.

다리 위는 미끄러웠다. 이삼일 전에 내린 눈이 반질반질 얼어붙었고, 하늘에서는 제법 큰 눈송이들이 내렸다. 나는 시내로 나가는 길이었고, 그는 목욕탕이 있는 동네 쪽으로 들어오는 길이었다.

그는 길을 더듬어 가는 지팡이를 지니고 있었고 검은 안경을 끼고 있었다. 안경을 낀 모습이 생소했지만 분명히 목욕탕에서 만난 그였다. 아무런 구김살 없이, 아무런 불편도 못 느낀다는 듯이 목욕을 끝내고 나서던 그의 모습이 새삼 떠올랐다.

이날 빙판길을 조심조심 걸어오던 그는 내게 또 하나의 눈여겨볼 얘깃거리를 건네주었다. 그의 가슴 한쪽에 꽃다발이 한 아름 안겨 있었다. 프리지어였다. 회색빛의 도시와 노란빛의 꽃다발이 싱싱하게 어울렸다.

"참 예쁜 꽃이네요."

인사 겸 내가 그렇게 말했을 때 그는 여전히 맑게 웃었다.

"집사람이 좋아해요."

집사람? 나는 조금 놀랐던 것 같다. 그에게 집사람이 있으리라는 생각 같은 건 해 보지 않았다. 그는 불로동 다리를 건너서 목욕탕이 있는 쪽으로 곧장 걸어갔다. 나는 한동안 멈춰 서서 꽃다발을 안고 가는 그의 뒷모습을 바라보았다.

며칠 뒤, 작업실 창문으로 불로동 다리 쪽을 바라보던 나는 또 한 장의 그림엽서를 보았다.

두 사람이 다리를 건너 동네 쪽으로 오고 있었다. 지팡이로 길옆을 더듬고 오는 친구는 분명히 그였다. 한 사람은 그의 팔짱을 끼고 있었는데 여자였다. 검은 안경을 낀 여자는 완전히 그에게 몸을 의지하고 있었다.

그가 "집사람이 좋아해요."라고 말했을 때 나는 조금 움찔했지만 이번에는 가슴이 먹먹했다. 그에게 집사람이 있으리라고 생각하지 못했지만 그 집사람이 또한 앞을 보지 못하리라는 생각은 전혀 하지 못했다.

둘은 길을 더듬어 목욕탕 앞길에서 왼쪽 길로 사라졌다. 사글셋방*들이 늘어서 있는 골목길. 그가 가슴에 안고 오던 프리지어 꽃다발이 골목길 입구에 싱싱하게 걸려 있는 모습을 나는 보았다.

그 뒤로도 가끔 그를 보았다. 동네 슈퍼에서 과일을 사는 모습도 보았고, 중국집에서 그와 프리지어를 닮은 그의 아내가 함께 우동을 먹는 모습도 보았다. 그가 목욕을 하러 오는 날이 화요일이라는 것도 곧 알게 되었다. 화요일 오후 두 시쯤 나는 그를 만나러 동네 목

* 사글셋방: 다달이 돈을 내고 빌려 쓰는 방.

욕탕에 가곤 한다.

　그가 능숙한 솜씨로 목욕을 끝내는 것을 조심스레 지켜보면서 나는 삶이란 그것을 가꿔 갈 정직하고 따뜻한 능력이 있는 이에게만 주어지는 어떤 꽃다발 같은 것이라는 생각을 한다.

_《작은 나누미》(다림, 2008)

곽재구 • • •

　1954년 전남 광주에서 태어나 전남대학교 국어 국문학과와 숭실대학교 대학원을 졸업했다. 1981년 중앙일보 신춘문예에 시 〈사평역에서〉가 당선되어 작품 활동을 시작했다. 신동엽창작기금(현 신동엽문학상)과 동서문학상을 받았다. 현재 순천대학교 문예창작학과에서 시 창작을 강의하고 있다. 주요 작품으로는 시집《사평역에서》《참 맑은 물살》, 산문집《곽재구의 포구 기행》, 어린이를 위한 동화집《아기 참새 찌꾸》등이 있다.

동물의 권리에 관한 논의

이원영

인간의 권리, 동물의 권리

인류가 생겨난 이래 모든 사람이 현대적 의미의 인권을 누렸던 것은 아니다. 더욱이 인권은 인간이라면 누구나 태어나면서부터 갖는 것이라는 생각이 상식이 된 것도 그리 오래된 일이 아니다. 인권이라는 개념은 사람에게 눈이 두 개고 코가 하나라고 하는 것처럼 자연적으로 얻어진 개념이 아니라, 역사의 흐름 속에서 생성된 역사적 개념이라고 보는 것이 적절하다. 즉, '인권'은 인간다운 삶을 영위하기 위해 노력하는 역사적 과정 속에서 점점 더 당연히 보장되고 확보되어야 하는 것으로 인정되어 정착해 가고 있는 역사적·사회적·법적 개념인 것이다. DNA에 박혀 있지는 않지만, 그렇다고 해서 인간의 존엄성과 자유와 평등이라는 가치가 무의미하다는 것은 아니다. 시대적·사회적 조건 속에서 인권의 내용이 변화되고 확대되어 왔듯이 앞으로도 복잡한 역학 관계 속에서 새롭게 형성되어 갈 것이다.

동물의 권리 역시 마찬가지다. 동물이기 때문에 당연히 인정되고 보장되는 자연적인 권리가 있다는 주장은 아직 모두에게 설득력을 갖기 어렵다. 하지만 동물에 대한 새로운 인식 혹은 동물과 맺은 관계의 변화로 인해 그들에 대한 우리의 자세 역시 달라지면서, 동물의 권리라는 것이 자연스럽게 논의될 수 있는 시점에 이르렀다.

동물의 권리를 인정하는 것은 간단하지 않은 문제다. 자칫 어려움에 처해 있는 사람의 처우를 무시하는 것으로 오해를 살 수도 있고, 동물을 사람과 동일시하는 것으로 여겨질 수도 있기 때문이다. 동물을 위하는 것이 사람을 위하는 것과 배치되지 않는다는 것은 앞에서 논의한 바 있다. 어려움에 처해 있는 사람을 도우면서도 얼마든지 동물의 권리를 논의할 수 있다. 또한 지구의 생명 유지 시스템을 교란시키거나 인류 이외의 생물을 함부로 대하는 방식은 지속 가능하지 않을뿐더러 인류를 위협하기도 한다. 어쩌면 이것은 어려움에 처하게 될 인류 미래에 대한 논의일 수도 있다.

근원적으로는 '과연 동물이 인간과 동등한 도덕적 지위를 갖는다고 봐야 하는가?'라는 부분이 중요한 쟁점이다. 이 논의는 동물도 인간과 똑같은 방식으로 고통을 느낀다는 점에서 출발하는지, 아니면 충분하지는 않더라도 감정이나 지적 능력 혹은 자의식을 가지고 있다는 점에서 출발하는지에 따라 많은 차이를 불러온다.

또한 '권리'라는 동일한 용어를 쓰는 과정에서, 그 구체적 내용과 무관하게 동물을 사람과 동일시하는 것으로 여겨지기도 한다. 동물에게 선거권을 주거나 아파트 분양권을 주자고 말하는 것이 아니다. 인간이 그들을 지나치게 가혹하게 대하고 있는 측면이 있으니 그 부분을 개선하자는 것이다. 논의를 진행하다 보니 단순히 약자이기에 보호받아야 한다는 데서 그치지 않고, 그 자체로 존중받아야 할 생명이라는 자각이 생긴 것이다. 입장에 따라서는 동물이 가진 고유의 권리를 인정해야 한다고 주장하기도 하지만, 아직은 그 내용도 최소한의 생존권 보장 차원에서 논의되고 있는 실정이다.

하지만 의무와 책임의 주체가 되지 못하는 존재에게 인정되는 권리가 어떻게 가능한지는 철학적 문제이기도 하다. 인권에 대해서도 마찬가지지만, 권리의 근거가 어디에 있는가가 여전히 문제가 될 수밖에 없다. 생명은 분명 소중하고 숭고하지만, 생명이라는 용어가 외연이 지나치게 넓고 신비감마저 느껴지므로, 권리 보장의 근거를 명확히 하자는 차원에서 고통을 느낄 수 있는지 혹은 자의식을 갖고 있는지 등이 거론되기도 한다. 이는 어찌 보면 불분명한 근거에 기반을 두고 인권이라는 말을 써 가며 우리끼리 서로 존중해 주자고 합의하고 살아가다가, 갑자기 우리와는 이질적인 동물에 대해서 이런 용어를 적용하는 상황에 대한 불편함에서 비롯된 것일 수도 있다. 현재로서는 윤리와 양심에 호소하는 측면이 강하지만, 동물 복지와 동물 권리의 문제가 사회적 의제로 등장하기 시작한 것은 분명해 보인다. 근거가 무엇이고 이유가 어찌 되었든, 이용과 파괴가 아니라 존중과 공존에 기반을 두고 동물의 권리에 관한 논의를 전개할 필요가 있다.

단계적 합의가 필요하다

개를 끈에 묶어 차에 매달고 달리거나 길 고양이 몸에 쇠꼬챙이를 박는 사람들에 대해 대부분의 사람들은 분노를 느낀다. 그뿐 아니라 사회적으로도 법적인 처벌을 하고 있는 것은 우리가 동물을 대하는 자세가 예전과는 많이 달라지고 있다는 반증이다.

인간이 동물을 이용하고 있고 육식이나 동물 실험의 옳고 그름에 대해 논쟁하는 단계에서도, 우리는 인도적 도살 방식이나 동물 실험의 윤리 기준을 얼마든지 채택할 수 있다. 인간이 동물을 이용하는 것이 합당한지와 같은 근원적 물음에 답을 얻어 내기 전이라도, 우리가 동물을 어떤 자세로 대하는 것이 좋을지는 지속적으로 부분적 합의를 이뤄 낼 수 있다. 인권 개념도 불변의 것이 아니라 지속적으로 확대·변화되는 것이듯, 동물의 권리라는 개념 역시 아직은 제한적이며 불완전한 개념이라 하더라도 동물에 대한 우리의 자세를 적절하게 가다듬는 과정을 통해 계속 진전시켜 나갈 수 있다.

사람은 그래도 생물학적 유사성이 거의 100퍼센트에 가깝기에 논의가 용이한 측면이 있으나, 동물의 경우는 동물군 자체의 차이도 크려니와 인간이 그들을 대하는 자세 또한 동물군 혹은 동물 개체에 따라 너무 다르기 때문에 논의가 더욱 복잡해지는 측면이 있다. 개, 고양이와 새우, 달팽이를 똑같이 대해야 한다는 것이 상식은 아니다. 모기나 헬리코박터라면 더욱 그러하다. 또한 반려동물과 사역 동물, 산업 동물과 실험동물, 야생 동물 등 이 모두를 똑같이 대해야 한다는 주장 역시 아직 상식은 아니다. 그들의 DNA에 권리가 박혀 있는 것이라면, 모든 동물이 같은 권리를 갖는 것이 옳다. 하지만 현재의 인권 개념처럼 어떤 상황에서든 누구에게나 차별 없이 평등하게 보장되는 식으로 동물의 권리를 인정하는 것은 무리다. 미래에는 어떻게 될지 모르지만, 현생 인류의 직관이나 상식으로는 받아들이기 어려운 실정이다.

관계가 바뀌면 자세가 달라진다

현재 동물의 권리는 당사자가 아니라 인간의 주도하에 논의되고 있다. 결국 인간이 그들을 어떤 자세로 대하는 것이 적절한가가 초점이 될 수밖에 없으며, 우리가 그들을 대하는 관계가 어떠하냐에 따라 그 자세는 달라질 수밖에 없다. 털을 제공하던 양이 반려동물이 될 수는 있지만, 털을 제공하는 데서 관계가 더 진전되지 않았다면 다소의 측은지심은 가질 수 있더라도 양이 제공하는 털의 가치 이상으로 드는 치료비를 그 양에게 쓸 수는 없을 것이다. 하지만 반려동물이라면 이야기가 달라진다. 비록 5만 원을 주고 입양한 개라 하더라도, 나와의 관계가 어떠하냐에 따라서 1천만 원의 치료비를 낼 수도 있는 것이다. 우리가 상대와 어떤 관계를 맺고 있느냐에 따라 상대를 대하는 자세가 바뀔 수 있다. 우리는 굶어 죽어 가는 아프리카 어린이에게 만 원 한 장 기부하지 않으면서도, 내 친구의 생일

선물을 사는 데 아깝지 않게 10만 원을 쓸 수 있다. 이는 관계가 다르기 때문에 가능한 일이다.

여기에는 두 가지 중요한 지점이 있다. 보편적 차원에서 인권을 논의하는 자세와 개별적 관계에서 상대를 대하는 자세가 서로 다르다는 점이다. 내 친구의 목숨과 아프리카 어린이의 목숨은 함부로 침해되어서는 안 된다는 점에서 똑같이 소중하다. 하지만 내가 각자에 대해 어떤 자세를 취하는 것이 적절한지는, 내가 그들과 어떤 관계인가에 따라서 결정하게 된다. 같은 반려동물이라 하더라도 오랜 시간 정을 주고 온갖 경험을 함께한 내 강아지와 인터넷에서 오늘 처음 알게 된 나미비아 여배우의 고양이에 대한 내 자세는 차이가 나는 것이 당연하다. 둘이 똑같이 골절상을 입었다고 하더라도, 내가 갖는 슬픔과 책임감은 당연히 다를 수밖에 없고 누구도 그에 대해 뭐라 할 수 없는 부분이다.

인간의 존엄성, 자유와 평등 같은 인권의 핵심을 이루는 내용이 동물의 권리에서는 무엇에 해당하는지 아직 합의된 바 없으나, 우선 '동물의 본성을 존중해 주는 것'*이라는 정도에서 잠정적으로 생각해 본다면, 우리가 대하는 동물들이 산업 동물이든 실험동물이든 야생 동물이든 반려동물이든, 그에 맞는 방식으로 가능한 한 그들의 본성을 존중해 주기 위해 노력할 필요가 있다.

예를 들면 현재 우리나라의 양계 현실은 효율성을 너무 고려한 나

---

* 【원주】 최훈, 《동물을 위한 윤리학》, 사월의책, 2015, 318쪽.

머지 닭의 본성을 지나치게 침해하는 측면이 있다. 닭들은 유럽 연합에서는 금지된, 일명 '배터리 케이지'라고 불리는 좁은 철창에서 사육된다. 알에서 깨어나면 얼마 되지 않아 부리가 잘리고, 잘린 부리로 평생 힘들게 사료와 물만 먹으며 살을 불리고 알을 낳다가 프라이드치킨이 된다. 닭들이 지금보다는 좀 더 넓은 공간에서 혹은 가능하다면 부리를 잘리지 않은 채 살아갈 수 있다면 그들의 삶이 한결 나을 것 같다. 흙을 밟으며 지렁이를 쪼고 모래 목욕을 하고, 홰대에 올라 새벽에 울기도 하게 보장받을 수 있다면 좋겠다. 현재 효율적인 양계 기술 덕분에 우리가 달걀과 치킨을 풍족하게 먹고 있는 것은 부인할 수 없는 사실이다. 하지만 먹는 횟수를 몇 차례 줄이거나 돈을 몇 푼 더 낼 의향이 있는 사람도 많이 있다. 우리가 비록 그들을 이용한다는 사실에는 변함이 없어도, 효율을 넘어서서 다소나마 그들의 본성을 존중해 주는 방식을 고려하는 방향으로 사고를 전환할 필요가 있다.

인간의 동반자로서의 동물

앞서 말한 대로 인권이란 '인간이라는 단 한 가지 이유만으로 당연히 갖는 권리'라고 정의될 수는 있으나, 저절로 보장되는 것은 아니다. 철학적 근거도 매우 박약하다. 인간의 권리는 어디에서 기인하며, 어떻게 확보되는가? '인간이기 때문'이라는 빈약한 이유에 기반을 둔다면 언제든 무너질 수 있다. 만약 모든 측면에서 인간보다 다섯 배 정도 뛰어난 존재가 나타나 지구를 정복하고 인간을 장난감처럼 다루거나 식량으로 쓰게 된다면, 그때도 인권에 대해 지금처럼 편안하게 주장할 수 있을까?

자유권을 포함한 인간의 기본권, 신분제 폐지, 보통 선거, 수많은 사회적 권리 등의 개념이 논의되기까지는, 야만의 원칙들을 거부하는 것을 대부분의 시민이 상식으로 여기게 되는 역사적 상황들이 조성되어야 했다. 차별 없이 향유되어야 하는 권리라는 관점이 동물에게도 적용될 수 있는 날이 올지 모르겠으나, 그렇게 되기 위해서는 역사적·사회적·의식적으로 큰 진전이 필요할 것이다.

인권은 권력의 쟁탈 과정에서 형성된 개념이며, 저항을 매개로 확립된 개념이다. 하지만 동물은 인간과 권력을 다투지 않고, 인간은 이미 거의 완전히 그들을 지배하고 있다. 따라서 동물의 권리는 그것을 먼저 자각한 사람들과 그렇지 않은 사람들의 충돌 과정에서 더 많은 논의가 이뤄지게 된다. 인간이 그들과 더욱 친밀해지고, 그 과정에서 많은 문제가 발생할수록 동물의 권리에 대한 논의는 더욱 깊어질 것이다. 그를 통해 인간이 그러했듯 동물들에게도 더 많은 권리가 확보되길 기대한다. 노예와 여성과 어린이가 점차로 자신의 권리를 찾고 향유하게 되었듯이, 언젠가는 동물들 역시도 그들이 누려야 할 마땅한 권리라는 것이 있다면 지금보다는 더 많이 향유하게 될 것이다.

타자와의 관계가 오직 이익을 주고받는 것이라는 생각에서 이제는 벗어날 필요가 있다. 주고받는 것은 이익과 효용뿐 아니라 신뢰와 애정도 있다. 특히 그 상대가 반려동물이라면, 그들은 우리 곁에

서 함께 살아가고 있는 동반자라는 점을 깨달아야 한다. 우리 모두
는 사실 동물이다. 그리고 동물이 있기에 우리는 인간일 수 있다.*
동물을 위한다고 인간을 덜 위하는 것도 아니며, 오히려 더 위하게
되는 측면도 있다. 그러한 교류와 확인, 자극과 고양, 배려와 섬김이
인간이 가진 중요한 참모습임을 알아야 한다. 그렇게 자신과 마주하
고 있는 상대가 있음으로써, 그를 마주 보는 자신이 있는 것임을, 그
리고 그것이 바로 나임을, 그래서 상대가 나의 한 부분일 수 있음을
알아야 한다.

_《동물을 사랑하면 철학자가 된다》(문학과지성사, 2017)

*【원주】마크 베코프, 윤성호 옮김, 《동물권리선언》, 미래의창, 2011, 290쪽.

이원영 • • •

　서울대학교에서 철학을 공부했다. '복돌이'라는 개 한 마리를 만난 후 수의사가 되기로 결심하고 건국대학교에서 수의학을 공부했다. 현재 우리아이동물병원을 운영하고 있다. 반려동물과 보호자가 함께 좀 더 오래 행복하게 지내길 바라며 개와 고양이 들을 치료하고 있다.

동물원
인간의 서식지를 예감한다

김찬호

고릴라들은 우리 안에 가만히 앉아서 누구와도 상대하려 하지 않았다. 지푸라기로 건드리며 장난을 걸어 보려 해도 소용이 없었다. 고릴라들은 점점 더 우울해졌다. 이들은 심지어 그런 모습을 보이기 싫어서 손으로 눈을 가려 관람객들의 시선을 피하기까지 했다. (……) 이 동물들의 집단적 행동으로 볼 때 분명한 사실은, 잡혀 온 고릴라들의 건강을 해치는 요인이 무엇보다 정신적 영향이라는 점이다. 완전한 자유 상태에 있는 동물들이 향유하는 생명 에너지는 기생충들이 끼치는 영향을 극복하기에 충분하다.

_ 알렉산더 소콜로브스키, 《유인원의 정신에 관한 관찰》(1908),
니겔 로스펠스, 《동물원의 탄생》에서 재인용

사람은 동물을 좋아한다. 아이들은 동물을 보면 눈빛을 반짝이고, 어른들의 세계에서도 애완동물은 각별한 사랑을 받는다. 인류는 오랜 역사 속에서 다른 동물들과 '서바이벌 게임'을 벌이면서도, 문화적인 차원에서 그들에게 독특한 정서와 의미를 부여해 왔다. 고대의 많은 신화들에서 동물들은 '환웅'*처럼 초월적인 상징으로 군림하는데 이는 토테미즘과 관련이 깊다. 만화와 동화에서는 수많은 동물들이 의인화된 캐릭터로 등장한다.

또한 일상 언어에서도 사람의 성향이나 어떤 상황을 묘사할 때 종종 동물에 빗댄다. '여우처럼 교활하다' '늑대처럼 엉큼하다' '곰처럼 미련하다' '양처럼 온순하다' '꾀꼬리 같은 목소리' '잉꼬부부' '기러기 아빠' '철새 정치인' '레임덕' '평화의 비둘기' '매파와 비둘기파' '꽃뱀' '개미군단' '다크호스' '상아탑' '쥐꼬리만큼' '장사진長蛇陣을 이룬다(긴 뱀처럼 행렬이 늘어서 있다는 뜻)'…… 동물들은 신성함의 아이콘에서 인간성의 표상에 이르기까지 다양한 이미지로 채색되어 온 것이다. 물론 그 가운데 많은 부분은 그 동물의 실제 속성과 무관하게 인간이 지어낸 허구적 이미지이다.

---

*【원주】환웅: 단군(檀君)의 아버지라고 하는 신화상의 인물. 《삼국유사》에 따르면 환웅은 하느님 환인(桓因)의 아들이다. 무리 3,000명을 이끌고 태백산 신단수(神檀樹) 밑에 내려온 환웅은 그곳을 신시(神市)라 이르고, 풍백(風伯)·우사(雨師)·운사(雲師)를 거느리고 곡식·생명·질병·형벌·선악 등 인간 세상의 360여 가지 일을 주관하며 교화했다. 그때 곰과 호랑이가 나타나 사람이 되기를 원해 100일 동안 쑥과 마늘만 먹으면서 햇빛을 보지 말라고 했는데 이를 잘 참아 낸 곰만 여인으로 변할 수 있었다. 환웅이 신단수 아래서 늘 아이를 갖기를 비는 웅녀(熊女)와 혼인하여 아들을 낳으니 이가 단군왕검(檀君王儉)이었다고 한다.

산업화와 도시화 과정에서 인간과 동물의 관계는 많이 소원해졌다. 맹수의 위협을 받는 일도 없어졌거니와 아름다운 새소리를 접하기도 어려워진 것이다. 그뿐만 아니라 날로 위생적으로 개선되어 가는 주거 환경에서 쥐나 바퀴벌레 등도 점점 줄어든다. 요즘 아이들은 대부분의 동물을 실물보다 그림책이나 텔레비전을 통해 먼저 접한다. 그렇다면 저개발 국가의 경우는 어떨까? 아프리카의 비극적인 상황을 증언하는 구로야나기 데쓰코의 《토토의 눈물》이라는 책에는 이런 일화가 실려 있다. 탄자니아의 어느 초등학교에 갔을 때 어느 TV 방송국 사람이 아이들에게 도화지와 크레용을 주면서 아무 동물이나 그려 보라고 주문했다. 그런데 아이들이 내놓은 그림 가운데 큰 짐승을 그린 것은 두 점밖에 없었고, 나머지는 파리 같은 벌레나 다리가 가느다란 새를 그린 것이었다. 기린이나 얼룩말 같은 야생 동물들이 다양하게 나올 것이라 예상했던 기대는 어긋났다. 아프리카에서는 몇몇 보호 구역에서만 동물을 볼 수 있는데, 그 아이들은 그런 곳을 구경하러 갈 수 없다. 그나마 간접적으로 동물을 볼 수 있는 텔레비전이나 그림책도 없었기에 그렇게 그림을 그린 것이다.

그에 비해 우리는 미디어를 통해 여러 종류의 동물을 언제든 볼 수 있다. 그리고 웬만한 대도시에는 동물원이나 수족관이 하나 이상 있기 때문에 조금만 이동하면 야생 동물들을 생생하게 접할 수 있다. 다양한 동물들의 모습은 언제나 인간의 호기심을 자극한다. 연암이 《열하일기》에서 코끼리를 처음 본 충격과 감흥을 자세하게 기록하고 있듯이,* 낯선 동물을 바라본다는 것은 진기한 경험이다. 그러한 시각적 욕망을 위해 만들어진 시설이 동물원이다. 인간은 평생 동안 최소한 네 번 동물원에 간다는 말이 있다. 어릴 때 부모의 손을 잡고, 연인과의 데이트 코스로, 결혼하여 자녀를 데리고, 그리고 노후에 손자 손녀와 함께 간다는 것이다. 아득한 옛날 인간이 자연 속에서 동물들과 어우러져 살았던 시절의 무의식적 기억이 되살아나는 것일까. 그룹 '동물원'의 노래들처럼 그곳은 언제나 정겹고 유쾌한 분위기를 연상시킨다.

동물원의 역사는 기원전 15세기로까지 거슬러 올라간다. 고대 이집트나 로마에서는 동물들의 수집 및 사육을 위해 동물원을 만들었고, 중세에도 왕후나 귀족들이 이방의 동물들을 구해 기르는 것을 취미로 삼았다. 그러한 동물원은 궁전에 함께 건립되는 경우가 많았는데, 기이한 구경거리를 과시하면서 정치적인 힘을 발휘하기 위해서였다. 일반인이 구경할 수 있는 형태의 동물원은 18세기 중반에 오스트리아 빈에서 등장했고, 1907년에 세워진 독일의 하겐베크 동물원은 이른바 방사식放飼式 동물 수용 방법을 채택하여 현대 동물원의 원형이 되었다. 하겐베크는 19세기 후반부터 세계 곳곳의 온갖

---

* 【원주】 "당 명황 때에 코끼리춤이 있었다는 말이 《사기(史記)》에 있는 것을 보면서 속으로 의심을 했더니, 이제 보아 사람의 뜻을 잘 알아먹는 짐승으로는 과연 코끼리 같은 짐승이 없었다. 전하는 말에, '숭정 말년에 이자성이 북경을 함락시키고 코끼릿간을 지나갈 때에 뭇 코끼리들은 눈물을 지으면서 아무것도 먹지를 않았다.' 해마다 삼복 날이면 금의위(錦衣衛) 과교들이 의장 깃발을 늘인 노부로 쇠북을 울리면서 코끼리를 맞아 선무문 밖을 나와 못에 가서 목욕을 시킨다. 이럴 때는 구경꾼이 늘 수만 명이나 된다."(고미숙, 《열하일기, 웃음과 역설의 유쾌한 시공간》에서 재인용)

동물들을 포획해다가 진열하였고, 심지어 그린란드와 태평양 군도의 원주민들까지 데려다가 순회 전시하면서 제국주의의 위용을 드러냈다.

동물원은 사람을 위해서 만들어졌다. 그렇다면 동물의 입장에서 동물원은 무엇인가? 감금과 억압의 장소인 경우가 많다. 대부분의 동물원에서는 종별種別로 고유하게 지니고 있던 소생활권biotop을 무시하고 인위적으로 통합하고 배치해 놓고 있다. 그 결과 자연에서라면 서로 접하지 못하는 동물들끼리 가까이에서 지내야 한다. 그리고 초원을 날아다니며 사냥해야 할 맹금류들이 낯설고 좁은 울타리 안에서 안정적으로 제공되는 식사에 길들여지면서 야성을 잃어 간다.

이러한 상황은 동물들에게 스트레스, 자해, 비정상적인 행동, 비만, 성인병 등을 일으킨다. 그리고 열대 지역과 한대 지역 출신 동물들은 반대 계절을 맞을 때마다 고초를 겪는다. 게다가 철창, 시멘트, 유리 등 그들을 둘러싸고 있는 물리적 환경 자체가 반생명적이다. 바닥에 튀어나온 못에 발을 찔려 피를 흘리는 백곰, 겨울이면 실내에 감금되어 극심한 우울증에 시달리는 고릴라, 관람객들이 주는 인스턴트 식품의 과다 섭취로 성인병에 걸리거나 비닐을 먹고 죽어 가는 침팬지* 등 이러한 환경 때문에 희생되는 동물들의 예는 일일이 열거할 수 없다. 어떤 사람들은 하마가 물속에서 등만 보이고 나오지 않는다고 돌을 던지고, 악어가 움직이지 않는다고 막대기로 건드

---

* 【원주】 침팬지의 지능을 시험해 본다며 일부러 포장을 뜯지 않은 과자를 던져 주는 경우가 많아 기도가 막히기도 한다.

리거나 입속에 동전이나 페트병을 던지기도 한다.

그런가 하면 관람객의 눈에 보이지 않는 곳에서 동물들이 겪는 고생도 만만치 않다. 예를 들어 겨울에 들짐승들을 가두어 두는 방의 바닥에는 흙이 아닌 미끌미끌한 타일이 깔려 있다. 물청소를 손쉽게 할 수 있도록 하기 위해 그렇게 만든 것이다. 그런데 깨끗하게 청소를 하고 나서 방 안에 들어오는 짐승들은 사뭇 불안한 몸짓으로 이리저리 돌아다닌다. 바닥이 미끄러워 넘어질까 봐 그런 것도 있지만, 결정적인 것은 자기 배설물의 냄새가 사라졌기 때문이라고 한다. 자신의 영토를 확인하는 감각적 지표가 말끔하게 지워진 공간에서는 본능적인 위기감이 엄습하는 모양이다. 자연히 동물들의 건강은 나빠지고 수명도 짧아진다. 당장의 편리함과 관리비 절감을 위한 디자인이 실제로는 그 비싼 동물들의 생명을 위협하여 결과적으로 더 관리 비용을 높이는 것이다.

최근 앞서가는 동물원은 이러한 상황에 대해 문제의식을 가지고 근본적인 방향 전환을 꾀하고 있다. 단순히 동물들을 가두어 놓고 구경하는 곳이 아니라, 멸종 위기에 처한 동물들과 그 생태를 연구하고 보전하는 연구 및 교육의 센터로 탈바꿈하는 것이 세계적인 추세이다. 그러한 흐름에 맞춰 동물원 내의 공간 구조와 생활 환경을 바꾸어 주고 있는데, 이를 '환경 및 행동 풍부화envi-ronmental & behavioral enrichment'라고 한다. 서울대공원의 경우 위에서 언급한 동물들의 괴로움과 건강 퇴화를 줄이기 위해 전시장의 물리적 환경에 다양한 변화를 주고, 동물들이 먹이를 찾는 데 몸을 움직이고 머리를 쓸 수 있도록 시설을 개조하였다. 또한 같은 종끼리 적합한 무리를 이루어 살도록 배려하고(사회성 풍부화), 종별로 생존에 긴요하게 발휘하는 오감에 자극을 주도록 장치를 마련하고 있다(감각 풍부화).

이러한 동물원의 패러다임 전환은 인간 세계에 시사하는 바가 크다. 사회성과 감각을 풍부하게 하는 것은 지금 교육의 중대한 과제가 아닌가. 타인에게 전시되기 위한 인생이 아니라 저마다의 본성에 따라 서식 환경을 스스로 만들어 갈 수 있도록 돕는 것이 교육의 소임이다. 동물학자 데즈먼드 모리스Desmond Morris는 《인간 동물원 The Human Zoo》이라는 책에서 현대인의 삶을 동물원에 빗대어 예리하게 분석하고 있다. 그에 따르면 단조롭고 획일적으로 규격화된 과밀 환경이 폭력과 불안을 증폭시키면서 맹목적으로 자극을 추구하게 한다. 따라서 앞으로 도시 공간은 자라나는 유기체가 되어야 하고 사람들에게 소속감을 심어 주면서 창의적인 모험을 다양하게 허용해야 한다고 그는 주장한다.

동물원의 기능은 교육·보호·오락으로 요약될 수 있다. 이 세 가지가 적절하게 균형을 갖출 때 동물원은 생명이 평화롭게 공존하는 공간이 될 수 있다. 특히 대중들에게 생태계에 대한 이해를 도모하도록 교육적 기능을 강화하는 것은 매우 중요한 과제이다. 그러한 목적을 달성하기 위해서는 종별로 그 습성에 맞도록 생활 환경을 갖춰 줘야 하고 인간과의 접촉도 적절하게 제한해야 한다. 그리고 시각적 유희의 대상이 되어 유폐된 동물들이 자신의 본성을 찾아갈 수 있도록 도와주는 것이다. 거기에 맞물려 이제 관람객들의 마음가짐과 태도도 달라져야 한다.

　동물원은 문명의 자화상을 비춰 보는 거울이다. 인간의 서식지를 점검하면서 대안적 삶터의 얼개를 조감하는 전망대이다. 조류 독감*의 경고는 사람의 목숨이 거대한 생태계의 순환과 사슬에서 벗어날 수 없음을 새삼 일깨우고 있다. 감옥에서 쉼터로 전환하는 동물원에서 우리는 자연의 순리를 배울 수 있다. 광활한 대지를 그리워하는 그들의 눈빛에서 시원始原**의 세계를 만나 보자. 그들의 포효와 지저귐에서 생명의 미래를 예감하자.

_《문화의 발견: KTX에서 찜질방까지》(문학과지성사, 2007)

＊【원주】조류 독감: 닭, 오리 및 야생 조류들을 통해 감염되는 급성 바이러스 전염병.
＊＊ 시원: 사물, 현상 따위가 시작되는 처음.

김찬호 • • •

　연세대학교 사회학과와 같은 학교 대학원을 졸업하고 일본 오사카대학 객원 연구원, 서울시 대안교육센터 부센터장을 지냈다. 지금은 성공회대학교에서 강의하면서 대학 바깥에서 청소년 교육과 문화, 가족 관계와 부모 자녀 소통, 마을 만들기, 창의적 발상, 지구촌 시대와 문화 간 커뮤니케이션 등에 대해 강의를 하고 글을 쓰고 있다. 지은 책으로《사회를 보는 논리》《도시는 미디어다》《휴대폰이 말하다: 모바일 통신의 문화 인류학》《교육의 상상력: 교사와 부모가 함께 그리는 행복한 교육》 등이 있으며, 옮긴 책으로는《작은 인간》《경계에서 말한다》《학교와 계급 재생산》 등이 있다.

먹어서 죽는다

법정

우리나라는, 한반도의 남쪽은 어디를 가나 온통 먹을거리의 간판들로 요란하다. 도심에서 조금만 벗어나면 웬 '가든'은 그리도 많은지, 서너 집 건너 너도나도 모두가 가든뿐이다. 숯불갈비집을 가든이라고 부르는 모양이다.

사철탕에다 흑염소집, 무슨 연극의 제목 같은 '멧돼지와 촌닭' 집도 심심치 않게 눈에 띈다. 이 땅에서 이미 소멸해 버리고 없는 토종닭도 '처갓집'을 들먹이며 버젓이 간판은 내걸고 있다. 바닷가는 동해와 남해, 서해안을 가릴 것 없이 경관이 그럴듯한 곳이면 다닥다닥 횟집들로 줄을 잇고 있다.

우리 한국인들이 이렇듯 먹을거리에, 그중에도 육식에 열을 올린지는 그리 오래된 일이 아니다. 1960년대 이래 산업화와 도시화에 따라 식생활도 채식 위주에서 육식 위주로 바뀌게 된 것이다. 국내 산만으로는 턱도 없이 부족하여 엄청난 물량을 외국에서 수입해다 먹는다.

국민 건강을 생각할 때, 그리고 한국인의 전통적인 기질과 체질을 고려할 때, 이와 같은 육식 위주의 식생활은 결코 바람직하지 않다.

미국의 환경 운동가로 널리 알려진 제레미 리프킨은 《육식의 종말Beyond Beef》이라는 그의 저서를 통해, 개인의 건강을 위해서든, 지구 생태계의 보존을 위해서든, 굶주리는 사람들을 위해서든, 또는 동물 학대를 막기 위해서든, 산업 사회에 있어서 고기 중심의 식사 습관은 하루빨리 극복되어야 한다고 역설하고 있다.

그가 인용한 자료에 의하면, 소와 돼지, 닭 등 가축들은 지구상에서 생산되는 곡물의 3분의 1을 먹어 치우고 있다. 미국에서 생산되는 곡물의 70퍼센트 이상이 가축의 먹이로 사용된다. 초식 동물인 소가 풀이 아닌 곡식을 먹게 된 것은 금세기 우리 시대에 일어난 일인데, 이런 사실은 농업의 역사에서 일찍이 없었던 새로운 현상이다.

오늘날 미국에서 1파운드의 쇠고기를 생산하는 데에 16파운드의 곡식이 들어간다. 곡식을 먹여서 키운 고기 중심의 식사법을 만들어 낸 이런 생산 체계가 한정된 지구 자원을 낭비하고 파괴하고 있다.

가난한 제3 세계에서는 어린이를 비롯해서 수백만의 사람들이 곡물이 모자라 굶주리며 병들어 죽어 가는 동안, 산업화된 나라들에서는 수백만이 넘는 사람들이 동물성 지방의 지나친 섭취로 인해, 심장병과 뇌졸중과 암으로 죽어 가고 있다.

미국 공중위생국의 한 보고서에 의하면, 1987년에 사망한 210만 명의 미국인들 중에서 150만 명의 경우는 먹는 음식과 관련되는데, 여기에는 포화 지방의 과잉 섭취가 주요 원인으로 지적된다. 특히 미국에서 두 번째로 흔한 질병인 대장암은 연구 결과 육식과 직접 관계가 있다고 한다. 한 연구 보고서는, 고기 소비와 심장 질환 및 암 발생과의 높은 관련성을 보여 주고 있는데, 쇠고기 문화권에서 심장병 발생률은 채식 문화권보다 무려 50배나 더 높다. 그러니 오늘날 미국인들과 유럽인들은 말 그대로 '먹어서 죽는다'고 할 수 있다.

이와 같은 연구 사례를 읽으면서 내가 두려움을 느낀 것은, 요즘 우리나라에서는 어른, 아이 할 것 없이 전통적인 우리 식사 습관을 버리고 서양식 식사 습관을 그대로 모방하고 있기 때문이다. 병원마다 초만원을 이루고 있는 그 원인이 어디에 있는지 우리는 곰곰이 되돌아보아야 한다. 먹어서 죽는 것은 미국인과 유럽인들만이 아니다. 우리도 먹어서, 너무 기름지게 먹어서 죽을 수 있다.

동물들의 사육장에 대한 기록을 읽으면서 우리 인간이 얼마나 잔인하고 무자비한 존재인가를 같은 인간으로서 부끄러워하지 않을 수 없었다. 어린 숫송아지들은 태어나자마자 좀 더 순종적으로 되고 그 고기의 질을 개선하기 위해 거세시킨다. 또 짐승들끼리 비좁은 우리 안에서 서로 상처를 입히지 않도록 쇠뿔의 뿌리를 태워 버리는 화학 약품이 마취도 하지 않은 채 사용된다.

그뿐만 아니라, 최소한의 시간 안에 최대한의 무게를 얻기 위해서 사육 관리자들은 성장 촉진 호르몬과 사료 첨가물을 포함한 여러 가지 약제를 소들한테 투여한다. 사육장에서 기르는 미국 소 전체의 95퍼센트가 현재 성장 촉진 호르몬을 투여받고 있다는 것이다. 또 가두어 기르는 사육장 안에서 발생하기 쉬운 질병을 예방하기 위해 항생제를 쓰는데, 특히 젖소들에게 많이 투여된다. 사람들이 먹는 쇠고기에 항생제 잔류물들이 들어 있을 것은 묻지 않아도 뻔하다.

거세되고 유순해지고 약물을 주입받으면서 소들은 여물통에서 옥수수와 사탕수수와 콩 같은 곡물을 얻어먹으면서 긴 시간을 보내는데, 그 곡물들은 온통 제초제로 절여진 것들이다. 현재 미국에서 사용되고 있는 모든 제초제의 80퍼센트는 옥수수와 콩에 살포된다고 한다.

말 못 하는 짐승들이 이런 곡식을 먹고 난 다음 그 제초제들은 동물의 몸에 축적되고, 그것은 또 수입 쇠고기라는 형태로 고기를 즐겨 먹는 이 땅의 소비자들에게 그대로 옮겨진다.

미국 학술원의 국립조사위원회에 의하면, 쇠고기는 제초제 오염의 제1위이고, 전반적인 살충제 오염으로서는 제2위를 차지한다. 제초제와 살충제로 인한 발암 위협이 따르는 것은 더 말할 필요도 없다.

이와 같은 리프킨의 글을 읽으면서, 육식 위주의 요즘 우리 식생활이 얼마나 어리석고 위태로운 먹을거리인가를 되돌아본다. 일찍

이 우리가 농경 사회에서 익혀 온 식생활이 더없이 이상적이고 합리적이라는 사실을 깨우쳐 주고 있다. 우리는 그릇되게 먹어서 죽는 어리석음에서 벗어나야 한다.

_《새들이 떠나간 숲은 적막하다》(샘터, 1996)

법정···

승려이자 수필 작가이다. 1932년 전라남도 해남에서 태어나 6·25 전쟁의 비극을 경험한 후 1956년 당대 고승인 효봉선사를 은사로 출가했다. 지리산 쌍계사, 가야산 해인사, 조계산 송광사 등 여러 선원에서 수선 안거했다. 〈불교신문〉 편집국장과 동국역경원 편찬부장, 송광사 수련원장 및 보조사상연구원장 등을 지냈다.

모든 인간은 존엄하다

구정화

　2010년 8월 5일, 칠레의 산호세 탄광에 굉음이 울리면서 탄광이 무너져 내렸습니다. 매몰된 탄광 속, 지하 700미터에는 33명의 광부들이 있었습니다. 그들은 극한 상황에서 기약 없는 구조를 기다려야 했지요. 그렇게 69일, 두 달이 넘는 동안 광부들은 사투를 벌였고, 마침내 기적적으로 모두 구출되었습니다. 칠레의 대통령은 광부들의 무사 생환을 기뻐하며 "칠레의 가장 큰 보물은 구리가 아니라 이들 33명의 광부."라고 말했습니다.

　그 악몽 같던 69일 동안, 이들이 살아서 돌아오기를 기도한 사람은 가족들만이 아니었습니다. 이름도 얼굴도 모르는 무수한 사람들이 이들의 생존을 기원했고, 세계 여러 나라에서 구조 장비를 가지고 도우러 왔습니다. 미항공우주국 NASA의 최첨단 장비까지 동원되었습니다. 이들을 구조하는 데 들어간 비용만 2200만 달러(약 247억 원)였다고 합니다. 이 놀라운 이야기는 그 후 책으로도 만들어졌고, 여러 해가 지난 지금까지도 많은 사람들이 이들의 생환 자체에 존경의 마음을 전하고 있습니다.

얼굴 한 번 본 적 없는 수많은 사람들이 이들을 구하기 위해 온 힘을 쏟았습니다. 이런 일들을 가능하게 한 것은 어떤 마음일까요? 아마도 그것은 생명을 존귀하고 소중히 여기는 마음일 것입니다. 즉 모든 인간은 존중받아야 하는 가치 있는 존재라는 생각입니다. 인간은 그 존재만으로 소중하고, 인간은 무엇을 위한 수단이 아니라 목적이며, 모든 인간은 똑같이 귀하다는 생각이지요. 바로 인간 존엄성에 대한 인식입니다. 인간의 존엄성을 믿는 마음이 광부들에 대한 걱정과 전폭적인 도움 그리고 어려움을 견딘 광부들에 대한 존경의 바탕이 되었습니다.

우리는 지구에 단 하나뿐인 존엄한 존재

인간이라면 모두 존엄성을 지니고 있습니다. 능력이 뛰어나다고 해서, 외모가 훌륭하다고 해서, 혹은 인성이 좋다고 해서 인간으로서 더 가치 있는 것도, 그렇지 못하다고 해서 가치가 없는 것도 아닙니다. 인간에게 존엄성이 있다는 것은 모든 인간이 가치 있는 존재라는 뜻입니다. 더불어 우리 모두가 이 지구상에 하나뿐인 존재로서 저마다 고유한 정체성*을 가지고 있다는 뜻이기도 합니다.

* 【원주】 정체성: 한 개인이 독자적으로 가지고 있는 본질적인 특성. 바로 그 사람을 그 사람이게 하는 특성.

나와 당신, 모두가 각자 어떤 모습으로 살아가더라도 우리는 존엄한 존재입니다. 여러분이 이상한 코스프레 복장을 한 채 거리를 돌아다녀도, 여러분이 그 누구도 알지 못하는 특이한 직업을 장래 희망으로 생각할지라도 말입니다.

독특한 개성을 가지고 살아가는 사람들을 소개하면서, 그들을 '화성인'이라고 칭하는 TV 프로그램이 있었습니다. 이 프로그램에는 정말 평범하게 살아가는 지구인으로서는 상상하기 어려운 사람들이 많이 나왔습니다. 종이를 먹는 사람, 모든 음식에 식초를 듬뿍 넣어 먹는 사람, 수입의 대부분을 구두 사는 데 쓰는 사람, 10년간 이를 닦지 않은 사람……. 그런데 이 프로그램에서는 그들을 호기심 어린 눈으로 소개할 뿐 섣불리 비난하지 않습니다. 그냥 그 자체를 인정합니다.

이처럼 각자의 정체성을 인정하고, 오로지 인간 그 자체로서의 가치를 중시하는 것이 인간의 존엄성을 인정하는 태도라고 보면 될 것 같습니다.

어떤 경우에도 사라지지 않는 인간 존엄성

이쯤에서 의문이 생길 것입니다. 인간의 존엄성은 도대체 누가 부여한 것일까요? 답은, 우리는 모두 태어나면서부터 자연적으로 존엄성을 부여받았습니다. 인간으로 태어난 이상 당연히 존엄성을 가지게 된다는 뜻이지요. 그런데 현실에서는 누구나 인간으로서 존엄성을 존중받는 것은 아닙니다. 서로가 서로의 존엄성을 인정해야 하는데, 그렇지 못한 경우가 많기 때문입니다.

예를 들어 볼까요? 내가 교실에서 잠시 이상한 행동을 할 때 옆에 있던 친구들이 "쟤, 미친 것 아냐?"라고 수군대면서 우리 반에 이상한 아이가 있다고 학교에 소문을 냈다고 해 봅시다. 나의 고유한 정체성은 '미친 것'으로 평가받았고, 인간으로서 내 가치는 훼손되었습니다. 인간으로서 존엄성을 존중받지 못한 것입니다.

하지만 그렇다고 해서 자연적으로 부여받은 나의 존엄성이 사라진 것은 아닙니다. 나는 여전히 존엄한 존재입니다. 다만 타인에 의해 존중받지 못한 것입니다. 이런 점에서 인간의 존엄성은 실제적으로 우리가 서로의 존엄성을 지켜 줄 때 구현됩니다.

또 다른 의문이 들 것입니다. '모든 인간에게 존엄성이 있다면, 다른 사람의 존엄성을 훼손한 사람도 그럴까? 강도나 살인범, 히틀러 같은 독재자한테도 인간의 존엄성이 있을까?' 답은 '그렇다'입니다.

그가 어떤 사람이고 무슨 일을 했든 모든 인간은 예외 없이 인간 존엄성을 가집니다. 인간 존엄성은 어떤 경우에도 사라지지 않는 본질적인 가치입니다.

뉴스를 보면 얼굴을 가린 살인 피의자*를 경찰이 보호하고 가는 장면이 자주 나옵니다. 이를 보고 사람까지 죽인 파렴치한을 왜 얼굴도 공개하지 않느냐고 분개하는 사람도 많습니다. 사람을 죽였다는 피의 사실이 확정되면, 그는 타인의 인간 존엄성을 훼손한 사람

---

*【원주】피의자: 범죄를 저질렀다는 혐의를 받고 있지만, 아직 검찰에 의해 재판에 넘겨지지 않는 상태인 사람.

이 됩니다. 그런데도 얼굴을 가려 주는 것은 그에게도 인간으로서의 존엄성이 있기 때문입니다. 다만 그는 다른 사람의 존엄성을 무시함으로써 자기 자신의 존엄성도 스스로 존중하지 못한 것입니다.

나와 너 그리고 우리의 존엄성을 주장하는 근거

대한민국 헌법 제10조는 "모든 국민은 인간으로서 존엄과 가치를 가지며"라고 인간의 존엄성을 선언하고 있습니다. 이 조문을 볼 때마다 기운이 납니다. '한 국가의 가장 기본이 되는 법에서 나를 존엄한 존재라고 규정하고 있구나.'라는 생각이 들기 때문입니다. 그런데도 우리 주변에서는 인간의 존엄성을 위협하는 일들이 많이 벌어집니다. 국가에 의해서, 타인에 의해서, 그리고 자신에 의해서…….

길을 가는데 경찰이 갑자기 나를 불러 세워서 수상해 보이니 책가방을 열어 보라며 강제로 불심 검문하면, 국가가 나의 존엄성을 훼손한 것입니다. 다른 학생이 나에게 폭행을 가하고 '빵셔틀'을 시킨다면, 그리고 '카따'처럼 SNS를 통해 나를 따돌린다면, 타인이 나의 존엄성을 훼손한 것입니다. 이를 알렸는데도 학교가 이 문제를 모른 척한다면, 학교가 나의 존엄성을 훼손한 것입니다.

때로는 스스로 자신의 존엄성을 훼손하기도 합니다. 가장 대표적인 경우가 자신을 낮게 평가하는 것입니다. '나는 공부 못하는 아이, 쓸모없는 아이, 사랑받을 가치가 없는 아이, 모두가 싫어하는 아이야.'라고 생각하는 것은 자신의 존엄성을 스스로 훼손하는 것입니다.

누군가 나에게 빵셔틀을 시켰을 때 혹은 이보다 더한 일을 당해서 죽고 싶을 때, 나를 도와줄 사람이 아무도 없다고 생각하는 것 역시 자신의 가치를 부정하는 것이고, 결국 자신의 존엄성을 훼손하는 것이 될 수 있습니다.

어쩌면 인간의 존엄성을 지키기 위해서 우리는 모두 마음속에 나만의 헌법 조문을 가져야 할지 모릅니다.

"나, ○○○는 인간으로서 존엄과 가치를 가진다."

여러분은 어떤 존재입니까? 나 자신을, 또 다른 모든 사람들을 충분히 존엄한 존재로 여기고 있습니까?

우리는 모두 존엄한 인간입니다. 고유의 정체성을 가진 세상에 하나뿐인 존재입니다. 하루하루 자신을 존엄하게 여기며 살아가야 합니다. 다른 사람도 그러하다는 것을 인정하면서 말입니다.

우리가 인간 존엄성을 유지하기 위해 주장하는 권리가 바로 인권입니다. 내가 존엄한 인간으로서 살아가기 위해 필요한 권리라고 할 수 있지요.

_《청소년을 위한 인권 에세이》(해냄출판사, 2015)

구정화 •••

　1966년 경상남도 함안에서 태어났다. 서울대학교 사회교육학과를 졸업하고 같은 대학교 대학원에서 박사 학위를 받았다. 1998년 공주교육대학교에서 학생들을 가르치기 시작하여 2002년부터 경인교육대학교 사회과교육과 교수로 재직 중이다. 지금까지 대한출판문화협회 등에서 추천 도서로 선정된《청소년을 위한 사회학 에세이》를 비롯한《청소년을 위한 사회문화 에세이》《퍼센트 경제학》《통계 속의 재미있는 세상 이야기》 등을 펴냈고,《사회》《사회 문화》 등 다수의 초·중·고등학교 교과서를 집필했다. 번역서로는《최고의 교사는 어떻게 가르치는가》《최고의 교사는 어떻게 가르치는가 2.0》이 있다.

방망이 깎던 노인

윤오영

벌써 40여 년 전이다. 내가 갓 세간 난 지 얼마 안 돼서 의정부에 내려가 살 때다. 서울 왔다 가는 길, 청량리역으로 가기 위해 동대문 서 일단 전차를 내려야 했다. 동대문 맞은편 길가에 앉아서 방망이 를 깎아 파는 노인이 있었다. 방망이를 한 벌 사 가지고 가려고 깎아 달라고 부탁을 했다. 값을 굉장히 비싸게 부르는 것 같았다. 좀 싸게 해 줄 수 없느냐고 했더니, "방망이 하나 가지고 에누리하겠소? 비 싸거든 다른 데 가 사우." 대단히 무뚝뚝한 노인이었었다. 더 깎지도 못하고 잘 깎아나 달라고만 부탁했다. 그는 잠자코 열심히 깎고 있 었다. 처음에는 빨리 깎는 것 같더니, 저물도록 이리 돌려 보고 저리 돌려 보고 굼뜨기 시작하더니, 이내 마냥 늑장이다. 내가 보기에는 그만하면 다 됐는데 자꾸만 더 깎고 있다.

인제 다 됐으니 그냥 달라고 해도 못 들은 척이다. 차 시간이 바쁘니 빨리 달라고 해도 통 못 들은 척 대꾸가 없다. 사실 차 시간이 빠듯해 왔다. 갑갑하고 지루하고 인제는 초조할 지경이다. "더 깎지 아니해도 좋으니 그만 달라."고 했더니, 화를 버럭 내며 "끓을 만큼 끓어야 밥이 되지, 생쌀이 재촉한다고 밥 되나." 나도 기가 막혀서 "살 사람이 좋다는데 무얼 더 깎는다는 말이오. 노인장 외고집이시구먼. 차 시간이 없다니까." 노인은 퉁명스럽게 "다른 데 가 사우, 난 안 팔겠소." 하고 내뱉는다. 지금까지 기다리고 있다가 그냥 갈 수도 없고, 차 시간은 어차피 틀린 것 같고 해서, 될 대로 되라고 체념할 수밖에 없었다. "그럼 마음대로 깎아 보시오." "글쎄 재촉을 하면 점점 거칠고 늦어진다니까. 물건이란 제대로 만들어야지 깎다가 놓치면 되나." 좀 누그러진 말씨다. 이번에는 깎던 것을 숫제 무릎에다 놓고 태연스럽게 곰방대에 담배를 담아 피우고 있지 않는가. 나도 고만 지쳐 버려 구경꾼이 되고 말았다. 얼마 후에 노인은 또 깎기 시작한다. 저러다가는 방망이는 다 깎아 없어질 것만 같았다. 또 얼마 후에 방망이를 들고 이리저리 돌려 보더니 다 됐다고 내준다. 사실 다 되기는 아까부터 다 돼 있던 방망이다.

차를 놓치고 다음 차로 와야 하는 나는 불유쾌하기 짝이 없었다. '그따위로 장사를 해 가지고 장사가 될 턱이 없다. 손님 본위가 아니고 제 본위다. 그래 가지고 값만 되게 부른다. 상도덕도 모르고 불친절하고 무뚝뚝한 노인이다.' 생각할수록 화증이 났다. 그러다가 뒤를 돌아보니 노인은 태연히 허리를 펴고 동대문 지붕 추녀를 바라보고 섰다. 그때, 그 바라보고 섰는 옆모습이 어딘지 모르게 노인다워 보이고 부드러운 눈매와 흰 수염에 내 마음은 약간 누그러졌다. 노인에 대한 멸시와 증오도 감쇄된 셈이다.

집에 와서 방망이를 내놨더니 아내는 이쁘게 깎았다고 야단이다. 집에 있는 것보다 참 좋다는 것이다. 그러나 나는 전의 것이나 별로 다른 것 같지가 않았다. 그런데 아내의 설명을 들어 보면 배가 너무 부르면 힘들어 다듬다가 옷감을 치기를 잘 하고, 같은 무게라도 힘이 들며, 배가 너무 안 부르면 다듬잇살이 펴지지 않고 손에 헤먹기* 가 쉽다. 요렇게 꼭 알맞은 것은 좀처럼 만나기 어렵다는 것이다. 나는 비로소 마음이 확 풀렸다. 그리고 그 노인에 대한 내 태도를 뉘우쳤다. 참으로 미안했다.

옛날부터 내려오는 죽기竹器는 혹 대쪽이 떨어지면 쪽을 대고 물수건으로 겉을 씻고 곧 뜨거운 인두로 다리면 다시 붙어서 좀처럼 떨어지지 않는다. 그러나 요새 죽기는 대쪽이 한번 떨어지기 시작하면 걷잡을 수가 없다. 예전에는 죽기에 대를 붙일 때, 질 좋은 부레를 잘 녹여서 흠뻑 칠한 뒤에 볕에 쪼여 말린다. 이렇게 하기를 세번 한 뒤에 비로소 붙인다. 이것을 소라 붙인다고 한다. 물론 날짜가 걸린다. 그러나 요새는 접착제를 써서 직접 붙인다. 금방 붙는다. 그러나 견고하지가 못하다. 그렇지만 요새 남이 보지도 않는 것을 며칠씩 걸려 가며 소라 붙일 사람이 있을 것 같지 않다.

* 헤먹다: 들어 있는 물건보다 공간이 넓어서 자연스럽지 아니하다.

약재만 해도 그렇다. 옛날에는 숙지황熟地黃을 사면 보통 것은 얼마, 윗길은 얼마 값으로 구별했고, 구증구포九蒸九曝한 것은 세 배 이상 비싸다. 구증구포란 아홉 번 쪄 낸 것이다. 눈으로 봐서는 다섯 번을 쪘는지 열 번을 쪘는지 알 수가 없다. 말을 믿고 사는 것이다. 신용이다. 지금은 그런 말조차 없다. 어느 누가 남이 보지도 않는데 아홉 번씩 찔 이도 없고, 또 그것을 믿고 세 배씩 값을 줄 사람도 없다.

옛날 사람들은 흥정은 흥정이요 생계는 생계지만, 물건을 만드는 그 순간만은 오직 아름다운 물건을 만든다는 그것에만 열중했다. 그리고 스스로 보람을 느꼈다. 그렇게 순수하게 심혈을 기울여 공예 미술품을 만들어 냈다. 이 방망이도 그런 심정에서 만들었을 것이다. 나는 그 노인에 대해서 죄를 지은 것 같은 괴로움을 느꼈다. "그따위로 해서 무슨 장사를 해 먹는담." 하던 말은 "그런 노인이 나 같은 청년에게 멸시와 증오를 받는 세상에서 어떻게 아름다운 물건이 탄생할 수 있담." 하는 말로 바뀌어졌다.

나는 그 노인을 찾아가서 추탕에 탁주라도 대접하며 진심으로 사과해야겠다고 생각했다. 그래서 그다음 일요일에 상경하는 길로 그 노인을 찾았다. 그러나 그 노인이 앉았던 자리에 노인은 와 있지 아니했다. 나는 그 노인이 앉았던 자리에 멍하니 서 있었다. 허전하고 서운했다. 내 마음은 사과드릴 길이 없어 안타까웠다. 맞은편 동대문의 지붕 추녀를 바라다보았다. 푸른 창공에 날아갈 듯한 추녀 끝으로 흰구름이 피어나고 있었다. 아, 그때 그 노인이 저 구름을 보고 있었구나. 열심히 방망이 깎다가 유연히 추녀 끝의 구름을 바라보던 노인의 거룩한 모습이 떠올랐다. 나는 '동쪽 울타리 아래서 국화를 캐다가, 유연히 남산을 바라보노라採菊東籬下, 悠然見南山'던 도연명의 시 구가 새어 나왔다.

오늘 안에 들어갔더니 며느리가 북어 자반을 뜯고 있었다. 전에 더덕북어를 방망이로 쿵쿵 두들겨서 먹던 생각이 난다. 방망이 구경한 지도 참 오래다. 요새는 다듬이질하는 소리도 들을 수가 없다. '만호에 다듬이질 소리萬戶搗衣聲'니, '그대 위해 가을밤에 다듬이질하는 소리爲君秋夜搗衣聲'니 애수를 자아내던 그 소리도 사라진 지 이미 오래다. 문득 40년 전 방망이 깎던 노인의 모습이 떠오른다.

_《곶감과 수필》(태학사, 2001)

윤오영 • • •

   서울 출생으로 호는 치옹痴翁 · 동매실주인桐梅室主人이다. 보성고등학교에서 20년간 교편을 잡았다. 〈현대문학〉에 〈측상락〉을 발표한 이래 수많은 수필과 새로운 문학 논문을 발표했다. 저서에는 수필집《고독의 반추》《방망이 깎던 노인》《수필 문학 입문》 등이 있다.

빛 공해

이정환

급속한 도시화로 인해 칠흑 같은 밤이 드물어지다 보니 '국제 어두운 밤하늘 협회International Dark-Sky Association'라는 단체가 생겼다. 별이 빛나는 밤을 인류가 지켜야 할 유산으로 보고 인공조명을 줄이는 게 목표다. 회원 수는 세계 70여 개국에 1만여 명. 이들이 내세운 명제는 '불을 끄고 별을 켜자'다. 참 한가한 사람들도 있다고 할지 모르지만 꼭 그렇지만도 않다. 인공조명은 인간에게 다채롭고 풍요로운 삶을 누릴 수 있도록 해 줬으나 만만치 않은 부작용도 낳고 있기 때문이다. 과학자들은 이를 빛 공해light pollution라 부른다.

과도한 빛과 잘못된 조명 디자인으로 생기는 공해는 광범위하게 생태계를 교란하고 있다. 상당수 새들의 번식기가 빨라진 것은 물론 철새들의 이동 경로도 달라졌다. 어두운 해변을 좋아하는 장수거북은 알을 낳을 곳을 찾기가 어려워 멸종 위기에 놓였다. 곡식 개화기에 건물 불빛과 가로등에 과도하게 노출되면 알곡이 제대로 맺히지 않거나 크기가 작아진다. 도시에 서식하는 매미가 밤낮 없이 울어 대는 것도 빛 공해와 관련이 있다. 긴 세월 낮과 밤의 순환에 길들여진 동식물이 큰 혼란을 겪고 있는 셈이다.

사람도 마찬가지다. 밤새 켜져 있는 조명으로 상당수 도시인이 불면증에 시달리고 있다. 밤에 주로 분비되는 수면 조절 호르몬인 멜라토닌을 빛이 억제하니까 수면 리듬이 깨지면서 숙면을 못 하는 것이다. 이스라엘 하이파대학은 밤에 강한 인공 빛이 있는 곳에 사는 여성은 다른 여성에 비해 유방암에 걸릴 확률이 37퍼센트나 높다는 연구 결과를 발표했다. 어두운 밤하늘 협회는 낭비되는 빛을 내는 데 드는 비용을 미국에서만 연 10억 달러로 추산한다.

사정이 이렇다 보니 미국 애리조나·텍사스·콜로라도 등 일부 주와 덴버·애틀랜타 등 여러 도시는 이미 빛 공해 방지법을 제정했다. 일본·영국 등도 빛 공해를 줄이기 위한 권고 지침을 만들었다. 좀 늦었지만 우리도 '빛 공해 방지 법안'을 최근 발의했다. 정부와 각 시·도는 빛 공해 방지 위원회를 설치하고 지나치게 밝은 빛을 내면 규제를 한다는 게 골자*다.

빛 공해를 줄이는 방법은 의외로 간단하다. 필요한 곳만 비추

---

*골자: 말이나 일의 내용에서 중심이 되는 줄기를 이루는 것.

도록 조명 방향과 디자인을 바꾸고, 과도한 빛을 내지 않도록 조도照度를 낮추면 된다. 그러면 에너지까지 절약되니 안 할 이유가 없다.

—〈한국경제〉(2009.09.22)

이정환···

한국경제신문의 문화부장 및 논설위원실 논설위원으로 활동했다.

사립 학교 자리,
시새움과 책전이 키운 아이들

신경림

1

중학교 입시를 위한 과외가 시작된 것도 5학년 2학기 사립 학교 자리에서였던 것 같다. 과외라야 진학을 희망하는 아이들 20여 명이 방과 후에 남아 선생님이 흑판에 써 놓은 입시 예상 문제를 푸는 수준이었다. 선생님은 열성이 대단해서, 끝까지 남아 있다가 우리가 답을 써 내면 틀린 곳을 바로잡아 답안지를 돌려주었다. 2반은 과외를 하지 않는데 그 일이 민망했던지 2반 담임이 우리들 듣는 앞에서 '과외는 해서 뭐 해, 진학할 아이들이 몇이나 된다고!' 하고 우리 담임을 핀잔해서 우리들을 분개하게 하기도 했다.

적령기의 아이들은 1반, 적령기를 서너 살 이상씩 넘은 아이들은 2반(일제 때는 마쯔쿠미松粗, 타케쿠미竹粗로 불렀다.)으로 편성했기 때문에 사실 2반에는 진학할 아이가 거의 없었다. 단 한 아이만이 예외였다. 새로 전학해 온 금융조합부 이사의 아들로, 1반에는 자리가 없어 2반으로 들어가게 된 것이다. 내 아버지도 금융조합에 근무한 탓으로 나는 반이 달라도 그 아이와 친하게 지냈는데, 어쩌다 과외를 일찍 끝내고 학교 마당에 공이라도 차러 가 보면 그 아이는 저희 교실에 혼자 남아 입시 문제집 같은 것을 풀고 있었다. 그것을 보고 나와 잡화점집 아들은 교실로 되돌아와 해가 넘어갈 때까지 문제집에 매달려 있은 적도 여러 번이다.

1반에서도 확실하게 진학할 아이들은 나와 잡화점집 아들을 비롯한 오륙 명에 지나지 않았다. 나머지는 대개 시험에 합격하면 보내 주겠지 하는 막연한 기대들을 가지고 공부하는 정도였다. 학교까지 쫓아와 '높은 학교는 제 팔자에 무슨 높은 학교! 베라는 꼴은 안 베고.' 하면서 공부하는 아들을 끌고 가는 어머니도 있었다. 또 어떤 여자아이는 동생을 갖다 맡기는 바람에 젖먹이 동생을 들쳐 업고 공부를 했다.

실제로 과외를 했던 20여 명 중 졸업을 하고 나서 진학한 아이는 일고여덟 명에 지나지 않는다. 몰래 수원까지 가서 수원농업학교(우리 고장에는 수원 고농-서울 농대의 전신-을 졸업하고 성공한 사람이 여럿이었다.)에 합격을 하고도 할아버지의 손에 끌려와 영영 진학의 꿈을 포기한 아이도 있고, 옹고집으로 진학을 반대하는 부모의 뜻을 어기고 아예 집을 나가 소식을 끊어 버린 여자아이도 있다.

그때 시골 아이들은 너나없이 어른들과 똑같이 일을 했다. 잔심부름은 말할 것도 없고 농사일도 거들고 나무도 함께 했다. 여자아이들은 당연히 어머니와 함께 또는 어머니를 대신해 빨래도 하고 밥도 짓고 아기도 보았다. 그래서 학교에서는 모를 심거나 벼를 베는 등 한창 농사일이 바쁠 때면 가정 실습이라 해서 일주일씩 휴가를 주었지만, 그것으로는 모자라 농번기에는 교실 한구석이 텅 빌 정도로 결석률이 높았다. 하지만 우리 집안은 달라, 전통적으로 공부하는 자식들에게는 일을 시키지 않는 풍습이 있었다. 할아버지 중의 한 분은 중학교에 다니는 아들이 일꾼의 지게를 지고 나가는 것을 보고는 쫓아가 그것을 빼앗아 부숴 버렸다는 전설 같은 얘기가 있었을 정도이다. 크게 잘사는 것도 아니면서 우리 집은 농사일을 몽땅 일꾼에게 맡겼으며, 아버지도 삼촌도 농사일을 하지 않았다. 나는 아버지나 삼촌이 논에 들어가 일하는 모습을 본 기억이 없다. 농사일이라면 아마 물꼬 보는 정도가 전부였을 터이다.

당연히 내게도 일을 시키지 않아, 어쩌다 재미로 아기 머슴의 지게라도 져 볼라치면 "얘가 흉하게 지게는!" 하고 할머니나 어머니가 기겁을 했다.

내가 집에서 하는 일이라고는 손님이 있는 날, 술심부름이나 담배 심부름이 전부였다. 그나마 방에 틀어박혀 몇 번 불러서 대답이 없으면 할머니가 "그냥 둬라, 공부하는가 부다, 내가 갔다 오마." 하고 대신 심부름을 갔다. 나는 번번이 공부하는 체 부르는 소리에 대답을 하지 않아 할머니로 하여금 심부름을 대신하게 했다.

2

아마 우리들 중 집안의 적극적인 지원을 받으면서 가장 여유 있게 과외 공부를 한 것은 나와 잡화점집 아들이었을 것이다. 이웃이기도 하고 아버지가 친구 사이여서 입학하기 전부터 동무로 놀던 나와 강덕식이라는 그 아이는, 동화책이며 참고서 따위를 서로 시새워 사고 읽었다. 그가 읽은 동화라면 나도 악착같이 구해 읽었고 그가 가지고 있는 참고서면 나도 어떻게 해서든 사들였다.

우리는 서로 경쟁심 같은 것을 가지고 있었던 것 같다. 그의 사촌형인 강은식 선생과 함께 장 구경을 나간 일이 있었다. 책전에서 그의 동생에게 동화책을 사 주면서 우리 둘에게 함께 읽으라고 말했지만, 나는 그 동화책이 그가 읽고 나서 내게 돌아오는 시간을 기다릴수 없었다. 나는 그들과 인사도 하는 둥 마는 둥 헤어져 집으로 달려들어와 할머니한테 책값을 타 냈다. 그러고는 책전으로 달려가 똑같은 동화책을 사 가지고 가서는 그날 밤으로 단숨에 읽어 버렸다. 다음 날 보니 다행히 그 아이는 반밖에 못 읽고 있었다. 《바보 이반》이란 제목으로 나온 러시아 동화집이었다.

그 아이와 읍내까지의 50리 길을 여행한 것도 5학년 2학기였던것 같다. 읍내 아이들은 좋은 참고서며 입시 문제집을 가지고 공부하고 있는데 우리는 그런 것들이 없으니 어떻게 그들을 따라가겠느냐는 담임의 탄식은 우리를 초조하게 만들었다. 장에 오는 책전에진열된 문제집이나 참고서는 가짓수도 적고, 말하자면 덤핑물로, 내용도 조잡한 것들뿐이었다. 나와 그 아이는 상의하고 또 상의했다.

그러고는 직접 읍내 큰 서점에 가서 문제집이며 참고서를 고르기로 결정을 했다. 아버지나 어머니 그리고 할머니는 그 먼 길을 어떻게 갔다 오겠느냐며 읍내에 살고 있는 고모에게 부탁하여 사 보내게 하면 좋지 않겠느냐고 했지만 나는 막무가내였다.

　우리는 그 토요일로 당장 길을 떠났다. 두 시간쯤 걸으니 흰 돛단배, 누런 돛단배가 점점이 떠 있는 강이 나왔다. 강을 따라 다시 한 시간쯤 가니 살구꽃이 만발한 나루, 나루를 건너니 널따란 채마밭, 채마밭을 끼고 큰길을 또 한 시간쯤 걸으니 읍내였다. 읍내에는 이층집이 즐비하고 많은 차들이 먼지를 일으키며 질주했다. 나는 숨이 턱 막히는 것 같았다. 병이 나서 삼촌의 등에 업혀 읍내에 들어와 본 일은 있었지만 내 발로 걸어 들어오기는 처음이었던 것이다.

　물어물어 서점을 찾아갔을 때는 이미 거리에 어둑어둑 땅거미가 깔리고, 서점에는 환하게 전등불이 켜져 있었다. 너무 책이 많아 정신을 차리지 못하는데 점원이 우리에게 찾는 책을 물었고, 우리가 말하자 책을 찾아 주었다. 우리는 자세히 보지도 않고 책값을 냈고, 그 책들을 배낭에 넣고 밖으로 나왔다. 밖은 이미 한밤중이 되어 있어, 나는 더럭 겁이 났다. 그래도 저녁은 먹어야겠어서 가까이 있는 식당을 찾아 들어갔다. 잠은 고모네 집을 찾아가 자기로 정해져 있었다.

　밥을 시켜 먹고 있는데 옆자리의 아저씨들이 우리가 촌에서 온 것을 알고는 말을 붙였다. 나는 책을 사러 왔다는 말을 하고 찾아갈 고모네 집 주소가 적힌 쪽지를 내밀었다. "야, 너희들 멀리서 왔구나!"

그러면서 쪽지를 받아 든 그는 "어, 이거 너무 멀잖아!" 했다. 고모 네 집까지는 걸어서 한 시간도 더 걸린다는 것이었다. 결국 우리는 군청 직원인 그 아저씨들을 따라 군청 숙직실에서 자고 아침밥까지 얻어먹었다. 이튿날 다시 서점에 가서 이번에는 동화책들을 뒤졌는데, 《포도와 구슬》로 익숙해 있던 현덕의 소설집 《남생이》를 어린이물로 알고 산 것도 이때다.

돌아오는 길은 훨씬 즐거웠던 것 같다. 먼지가 폭삭대는 길, 강가의 널따란 채마밭, 강바람에 날리던 살구 꽃잎들, 나루터의 늙은 사공, 새파란 강물에 드문드문 박힌 노랗고 흰 돛을 단 배들……. 이때 본 이런 것들은 군청 마당의 늙은 느티나무와 마음씨 좋은 직원의 웃는 모습, 그리고 현덕의 소설 《군맹群盲》 속의 인물들인 만수 또는 점숙의 모습과 함께 아직도 내 뇌리에 짙은 색깔의 그림으로 박혀 있다.

3

사립 학교 교사에서 공부하던 시절을 생각할 때 잊을 수 없는 사건이 하나 있다. 그때 우리 반에는 책을 좋아하는 아이가 또 하나 있었다. 우리 동네서 한 2킬로미터쯤 떨어진 섭밭이라는 마을에 사는, 집안도 비교적 넉넉하고 아버지도 깬 사람이어서 상급 학교 진학이 틀림없는 것으로 되어 있는 윤민구라는 아이였다. 그 아이도 나만큼이나 작아 내가 여학생과의 짝에서 풀어져 혼자 앉다가 짝이 되었는데, 한동안은 꽤나 친해 서로 책을 바꿔 보기도 하고, 집으로 놀러도

다녔다. 그의 집은 특별히 큰 집은 아니었지만 방 한편에 놓인 책꽂이에 책이 가득한 것이 신기해서 나는 늘 그가 저의 집에 놀러 가자고 제의하기를 기다렸다.

한데 어느 날, 우리는 연필 토막을 가지고 내 것이니 네 것이니 하면서 싸웠다. 큰 애들이 말릴 때까지 두어 번 주먹질까지 했는데, 한 이틀 우리가 서먹하게 지내는 것을 보고 어떤 실없는 동무가 우리 책상 복판에 백묵으로 선을 긋고 '삼팔선'이라 썼다. 그로부터 우리는 진짜 말을 안 하게 되었다. 그리고 보름쯤 지났을 것이다. 그 아이가 광산 트럭의 뒤에 매달렸다가 그것을 모르고 후진하는 바퀴에 치였다. 읍내 큰 병원으로 실려 간 그 아이는 한 달이 되어도 두 달이 되어도 돌아오지 않았다. 다리 하나를 못 쓰게 되었다는 소식을 듣고 나는 편지를 썼다. 내가 잘못했다고 사과를 했고 네가 퇴원한 뒤에 진짜 친하게 지내자고 호소했다.

그 아이가 퇴원하는 것을 보지 못하고 우리는 학교를 졸업했는데, 그 뒤 그도 퇴원하며 1년 늦게 이웃 읍내의 중학교로 진학했다는 소식이 들렸다. 또 한 소식은 그의 아버지가 무슨 사건에 연루되어 구속되면서 집안이 폭삭 망했다는 것이었다. 6·25 때 그 아이는 느닷없이 우리 집을 찾아왔다. 우리는 서로 못 본 지 4년여 동안에 읽은 책들을 얘기하면서 여간만 즐겁지 않았다. 헤어질 때 곧 다시 만나자고 약속했는데, 갑자기 상황이 바뀌었다. 인민군 패잔병들이 삼삼오오 짝을 지어 북상하는 모습이 보이기 시작한 것이다. 어느 날 밤에서 부르는 소리가 있어 나가 보니 그 아이가 저보다도 더 큰 배낭을 메고 서 있었다. 아버지를 따라 북으로 간다는 것이었다. 그것이 그와의 마지막이 되었다.

남쪽의 이산가족을 찾는 명단을 아무리 뒤져도 그의 이름이 없는 것을 보아 그가 아직도 살아 있는 것 같지는 않다. 살아 있다면 북으로 간 남편과 아들 때문에 온갖 수모와 학대를 받다가 죽은 제 어머니를 찾지 않을 리 없기 때문이다.

_《못난 놈들은 서로 얼굴만 봐도 흥겹다》(문학의문학, 2009)

신경림 •••

  충청북도 충주에서 태어났다. 동국대학교를 졸업하고, 1956년 〈문학
예술〉에 〈갈대〉 등이 추천되어 작품 활동을 시작했다. 첫 시집 《농무》이
래 민중의 생활에 밀착한 현실 인식과 빼어난 서정성, 친숙한 가락을 결
합한 시 세계로 한국 시의 물줄기를 바꾸며 새 경지를 열었다. 1970년대
이후 문단의 자유 실천 운동, 민주화 운동에 부단히 참여하여 당대적
현실 속에 살아 숨 쉬는 시들로 탁월한 예술적 성취를 보여 주었다. 지
은 책으로 시집 《농무》《새재》《달 넘세》《길》《가난한 사랑 노래》《쓰
러진 자의 꿈》《어머니와 할머니의 실루엣》《뿔》《낙타》, 장시집 《남한
강》, 산문집 《민요 기행》(1~2)《신경림의 시인을 찾아서》(1~2)《바람
의 풍경》 등이 있다. 만해문학상, 한국문학작가상, 이산문학상, 단재문
학상, 대산문학상, 공초문학상, 만해시문학상, 호암상(예술 부문) 등을
받았다. 현재 대한민국 예술원 회원, 동국대학교 국어 국문학과 석좌
교수로 있다.

우리에게 자동차는 무엇인가?

김찬호

대기 오염의 3분의 1 차지…… 하루 17명 사망……

자동차 1000만 대 시대 도로 위의 승용차 78퍼센트가 나 홀로 운전

국내에 등록된 승용차는 2003년에 1000만 대를 돌파했다. 1903년 고종 황제가 국내에 최초로 자동차를 도입한 이후 정확히 100년 만이다. 그동안 도로와 주차장의 면적도 계속 늘어났다. 그러나 건설에 아무리 많이 투자해도 늘어나는 자동차를 도저히 따라갈 수 없는 게 현실이다.

심각한 문제는 등록 차량의 수 그 자체가 아니다. 서울의 경우 차량의 주행 시간이 세계에서 가장 높다. 전체 자동차의 62퍼센트가 매일 시내 도로로 쏟아져 나온다. 그런데 더 놀라운 통계가 있다. 이

62퍼센트의 자동차 가운데 78퍼센트가 나 홀로 운전 차량이라는 것이다.

만일 중증 급성 호흡기 증후군(사스·SARS) 같은 전염병이 전국에 번져 하루에 20~30명씩 죽어 간다고 상상해 보자. 온 나라가 벌집 쑤셔놓은 것처럼 난리가 날 것이다. 사람들은 자신과 가족의 목숨을 지키기 위해 모든 방법을 강구할 테고, 정부는 정부대로 사태 해결에 총력을 기울일 것이다.

그런데 여기에서 전염병 대신 교통사고를 대입해 보자. 이 생각은 그냥 상상이 아니라, 우리가 매일 겪고 있는 현실이다. 교통사고로 2006년 한 해에 하루 평균 17명이 목숨을 잃었고 932명이 다쳤다. 다친 사람 가운데 상당수가 장애인으로 여생을 살아간다.

자동차로 인해 치러야 하는 대가는 여기서 그치지 않는다. 과거에는 난방 시설과 각종 산업 및 발전소 시설 등이 대기 오염의 주범으로 꼽혔다. 그러나 이제는 자동차에서 배출되는 유독 물질이 전체 대기 오염 물질의 3분의 1 이상을 차지한다. 서울 등 대도시는 그 비율이 훨씬 높다. 더구나 자동차는 한 대로 볼 때는 공장이나 빌딩 등 대형 배출원보다 배출량이 훨씬 적지만, 사람의 코앞에 바로 가스를 내뿜기 때문에 그 피해가 한층 심각하다고 한다. 말하자면 모든 사람의 생명을 서서히 죽이고 있는 것이다.

자동차 운전에 드는 경제적 시간적 비용도 만만치 않다. 도시에서 웬만한 승용차를 한 대 굴리는 데 들어가는 비용은 2005년 기준으로 가구당 월평균 25만 원 정도다. 시간적 비용은 어떤가. 도로 정체가 심각해지면서 자동차의 주행 속도는 점점 떨어진다. 편리함과 경제성이 자꾸만 줄어드는 것이다. 자동차로 인해 소비되는 돈과 시간, 그 때문에 받는 스트레스, 가끔 일어나는 교통사고 등 일체의 비용을 종합해 보면 결코 만만치 않은 비용이 들어가는 셈이다.

자동차 이용이 늘어나면서 운동이 부족해지고 그 결과 성인병이 늘어나는 것도 빼놓을 수 없다. 우리 생활에서 에너지 과소비는 악순환 구조를 이루고 있다. 운동을 통해 신체를 단련하지 않으니 다리가 약해지고 걷기가 싫어져 자꾸만 자동차에 의존한다. 자기 몸으로 만들어 내는 에너지가 줄어들수록 바깥의 에너지에 의존하게 되고 그것이 또한 몸의 기력을 더욱 약하게 만든다. 냉난방 기구가 발달하면서 추위와 더위에 적응하는 신체적인 조절 능력을 잃어버려 전기 에너지에 더 의존하게 되는 현상과 마찬가지다. 바로 에너지 과소비의 악순환인 것이다.

걷는다는 것은 자기 몸을 움직이는 능동적인 행위다. 사람은 그러한 적극적인 활동을 통해 큰 기쁨을 누린다. 실제로 자동차를 타고 가는 것에 비해 걷거나 자전거를 타고 가는 것은 여러 면에서 유쾌하다. 길 위에서 마주치는 사람이나 주변 사물, 함께 걷는 사람들 사이에 자연스럽게 일어나는 율동(가족이 걸어갈 때 아이들이 앞서거니 뒤서거니 하면서 장난을 치는 풍경을 상상해 보라.) 등을 자동차에서는 맛볼 수 없다. 우리는 이러한 산보의 미학을 회복해야 한다. 속도를 강요하는 사회 속에서 느림의 가치를 재평가하면서 스스로의 힘으로 이동하는 문화를 되살려야 한다. 보행은 풍부한 사색의 공간을 열어

준다. 걸어가는 것, 또는 자전거를 타고 다니는 것, 그것은 하나의
즐거운 권리다.

_〈동아일보〉(2008.04.14)

김찬호 •••

　연세대학교 사회학과와 같은 학교 대학원을 졸업하고 일본 오사카대학 객원 연구원, 서울시대안교육센터 부센터장을 지냈다. 지금은 성공회대학교에서 강의하면서 대학 바깥에서 청소년 교육과 문화, 가족 관계와 부모 자녀 소통, 마을 만들기, 창의적 발상, 지구촌 시대와 문화 간 커뮤니케이션 등에 대해 강의를 하고 글을 쓰고 있다. 지은 책으로《사회를 보는 논리》《도시는 미디어다》《휴대폰이 말하다: 모바일 통신의 문화 인류학》《교육의 상상력: 교사와 부모가 함께 그리는 행복한 교육》등이 있으며, 옮긴 책으로는《작은 인간》《경계에서 말한다》《학교와 계급 재생산》등이 있다.

장독대, 끝내 지켜 내던 가문의 상징

이호준

1

아버지가 집을 떠나고 난 뒤, 뒤란 우물 곁 장독대(고향에서는 장광
이라 불렀다.)에 놓인 독과 항아리* 들은 더욱 빛났다. 어머니는 조금
의 틈만 있으면 장독대에 가서 살았다. 이른 아침에 수건을 머리에
쓰고 밭으로 나가기 전에도, 하루 종일 뙤약볕에 시달리고 해거름에
집에 돌아와서도 장독대를 먼저 찾았다. 그러고는 티베트 사람들이
마니차法輪(불경이 새겨진 불구. 안에 경문이 들어 있는데 마니차가 한 번 돌
아갈 때마다 경을 한 번 읽은 것이라고 한다.)를 돌리듯 독들을 정성스레
닦았다. 그 모습은 어린 내 눈에도 너무 경건해 보여서, 아무리 배가

* 【원주】 독과 항아리: 고고학에서는 크기와 상관없이 속이 깊고 아가리가 큰 주발 모양의 토기
를 독이라 하고, 아가리가 오므라든 모양의 토기를 항아리라 한다.

고파도 징징거리며 달려들 수 없었다. 독들은 날이 갈수록, 어머니의 한숨이 깊고 길어질수록 반짝거리며 빛났다.

2

일가족이 태자리를 뒤로하고 고향을 떠날 때 나는 초등학교 5학년이었다. 있어도 그만 없어도 그만인, 자질구레한 세간을 실은 손바닥만 한 트럭에 어머니가 타고 먼저 떠난 뒤 할머니와 나, 동생은 새로운 삶의 터전을 찾아 길을 걷기 시작했다. 철없는 어린 동생도 그날은 아무 말 없이 먼지가 풀풀 나는 신작로를 내쳐 걷기만 했다. 우리 가족을 그냥 보내기 아쉬웠던 명원네 대모가 항아리를 하나 머리에 이고 뒤를 따랐다. 트럭 위에도 대모의 머리에도 선택받지 못한 독과 항아리 들은 사람이 더 이상 살지 않는 집에 남았다. 대모가 머리에 인 항아리는 할머니, 어머니가 가장 아끼던 것들 중 하나였다. 쏟아진 햇살은 항아리 위에서 연신 자반뒤집기*를 했다. 나는 자꾸만 눈을 깜박거렸다.

독과 항아리를 닳도록 닦던 어머니나 항아리를 이고 먼 길을 걸어간 어른들 심정을 조금이라도 이해할 수 있게 된 건 세월이 한참 흐른 뒤였다. 내가 깨달은 장독의 의미는, 한 집안이 여전히 존재하고 있음을 상징하는 증표였다. 그 구성원들이 세워 놓은 깃발이었다. 비록 경제적 곤궁과 뺨을 할퀴어 대는 시절의 삭풍에 가족들이 뿔뿔

* 자반뒤집기: 고등어를 앞뒤로 번갈아 구워 먹는 모양을 빗댄 것으로 주로 몹시 아플 때에 몸을 엎치락뒤치락하는 짓을 지칭한다.

이 흩어질지라도, 유리 왕자의 '부러진 단검'처럼, 장독대가 존재했다는 증표 하나쯤은 품고 가야 했다.

하지만 우리는 언젠가부터 장독을 잃어버렸다. 우리가 지켜 내야 할 증표를 잃어버렸다. 도시에서 장독대를 따로 두기도 쉽지 않거니와, 설령 있다고 해도 길 떠난 가장의 안전을 염원하며 장독대를 닦는 아낙 역시 없다. 요즘의 며느리들에게 장독대는 거추장스러운 존재일 뿐이다. 김치는 김치냉장고 속에서 더할 나위 없이 안온하다. 플라스틱 통에 들어 있는 된장과 고추장은 세월이 가도 그 고운 빛을 잃지 않는다. 양조간장은 언제 먹어도 입에 붙을 듯 달다. 그럴 뿐이다. 새삼 서글퍼할 일은 아니다. 세월에 쫓기어 꼬리를 말고 사라진 게 어디 장독대뿐이랴. 하지만 난 매일 궁금하다. 장독대와 함께 떠나보낸 우리 고유의 정과 사랑은 지금 어느 곳을 떠돌고 있을까.

_《사라져가는 것들 잊혀져가는 것들: 그때가 더 행복했네》(다홀미디어, 2008)

이호준 • • •

여행 작가이자 시인, 에세이스트이다. 〈서울신문〉 기자, 뉴미디어 국장 겸 비상임 논설위원, 편집 위원, 편집국 선임 기자 등을 지냈다. 《사라져가는 것들 잊혀져가는 것들》(1~2), 여행서 《클레오파트라가 사랑한 지중해를 걷다》《아브라함의 땅, 유프라테스를 걷다》《문명의 고향 티그리스강을 걷다》, 산문집 《세상에서 가장 따뜻한 안부》《자작 나무 숲으로 간 당신에게》 등을 썼다.

전쟁의 참혹함과 인정의 아름다움

박동규

6월이 왔다. 나는 이때가 되면 처절했던 1950년 6월을 기억하게 된다. 밤나무 가지를 꺾어 철모에 꽂고 가슴 한가운데 말라 버린 잎사귀를 붙이고는 장총을 들고 내 앞에 서 있던 인민군의 낯선 얼굴을 떠올리게 된다.

1950년 6월 나는 원효로 3가 전차 종점에 살고 있었다. 초등학교 6학년이었던 나는 아버지 혼자 국군을 따라 남쪽으로 내려가 버린 후 어머니와 어린 두 동생과 함께 인민군 치하에 남아 있었다. 우리 동네를 둘러싸고 개울 건너에는 용산 철도청이 있었고 조금 남쪽으로 한강 철교가, 그리고 뒤쪽으로 조폐 공사가 있어서 폭격이 시작되면 온 동네가 하늘이 까맣게 되고 파편이 비 오듯 쏟아지곤 했다.

그때 우리 동네 언덕에 있던 성당에 인민군이 들어왔다. 전쟁이나기 전에는 성당 입구 수위실에 수녀들이 간단한 치료약을 준비해 놓아서 동네 아이들이 다치거나 하면 쫓아가서 붉은 약을 무릎에 발라 주거나 버짐 같은 병이 나면 하얀 고약을 칠하고 거즈로 붙여 주곤 했다. 그런데 이 수위실에 난데없이 인민군이 보초를 서기 시작한 것이었다. 아이들은 성당 앞을 지나면서 키보다 더 큰 장총을 들고 있는 인민군 병사를 힐끗거리며 쳐다볼 뿐이었다.

해가 따갑던 어느 오후였다. 우리는 성당 입구 한구석 넓은 공터 옆 그늘진 담 아래 앉아 딱지치기를 하고 있었다. 오전에 폭격이 한 차례 지나가서 아이들이 모인 것이었다. 딱지라고 해야 성냥갑에 붙어 있던 라벨을 떼어 낸 것이었지만 우리에게는 소중한 놀이 도구였다.

이때 한 아이가 삶은 고구마와 옥수수 두 개를 들고 왔다. 우리는 그 아이를 둘러싸고 한 입씩 베어 먹고 있었다. 그런데 갑자기 한 아이가 옥수수를 입에 문 채 얼굴이 하얗게 질리는 것이었다. 놀라서 아이의 눈이 가 있는 곳을 보니 어느 사이에 인민군 병사가 우리 뒤에 다가와서 옥수수를 들고 있는 아이를 보고 있었던 것이다.

우리는 한순간 숨이 탁 막혔다. 붉은 별을 군모 한가운데에 달고 서 있는 인민군이 우리에게 다가와 있다는 것만으로도 온몸이 얼어붙는 일이었다. 그때였다. 뜻밖에도 인민군은 앳된 목소리로 "강냉이 맛있니?" 하고 물었다. 북쪽 억양이 섞인 이 한마디는 마치 우리 중에 누가 장난으로 웃기기 위해서 고양이 소리를 내는 것처럼 그런 다정함이 있었다. 한 아이가 "한 입 먹을래요?" 하고 물었다. 그는 얼른 손을 내밀어 옥수수를 받아 들고 한 입을 크게 먹는 것이었다.

그러고 나서 그는 다시 성당 문 앞에 가서 보초를 섰지만 우리는 그가 두렵지도 않았고 이상한 사람 같지도 않았다. 이렇게 해서 그와 우리는 친하게 되었다. 그는 낮 시간이면 어김없이 성당 수위실 앞에 서 있었고 우리는 텅 빈 성당 안 작은 운동장에 들어가 옛날처럼 놀 수 있게 되었다.

우리가 놀다가 지쳐 운동장 옆 계단에 앉아 있으면 그는 다가와 우리 틈에 끼어 앉았다. 그 인민군의 나이는 열여섯 살이었고 고향은 원산 위의 어느 바닷가 마을이었다. 그와 친해진 후 그는 우리 곁에 앉으면 엄마가 보고 싶다는 소리를 했고 '옥수수가 익어 가는 고향' 이야기를 들려주었다.

어느 날 우리는 캐러멜 한 통을 그에게 주었다. 그는 캐러멜 껍데기를 까서 입에 넣고는 "처음 먹어 보는데 맛있다."라고 몇 번이나 말했다. 어떤 아이는 감자 삶은 것을 몇 알 가지고 와서 주기도 했다. 그는 인민군이 아니라 어린 우리들의 친구였고 한패였다. 그는 아이들이 무엇을 줄 때마다 수줍어하며 고맙다는 말을 수없이 했다. 그러고 나서는 마치 답례를 하듯 우리에게 총을 가지고 언덕을 구르는 재주나 총검술 같은 것을 가르쳐 주려고 했다. 그에게는 자랑스럽게 할 수 있는 것이 그것뿐인 것 같았다.

폭격이 와서 우리 동네가 깜깜해진 어느 날 아침이었다. 한 아이가 파편에 맞아 성당 앞 광장에 쓰러졌다. 그때 보초를 서고 있던 그가 다리에 피가 흐르는 아이를 둘러업고 병원으로 달려가서 치료를 받게 하고 다시 아이의 집까지 업어서 데려다주었다. 그와 우리는 한패가 되었다.

아무렇지도 않게 친구로 손을 잡아 본 인민군 소년병의 추억은 지금도 아름다운 추억으로 살아 있다. 다시 일선으로 가게 되어 총을 잡고 울면서 우리에게 손을 흔들던 그의 모습은 군인이 아니라 어린 아이에 지나지 않았다. 인정의 아름다운 보자기로 싸안고 살 수 있었던 어린아이 시절의 이야기일 뿐이다. 1950년 6월과 7월 사이 피비린내 나는 전쟁의 소용돌이에서 아이들은 이렇게 어울려 살 수 있었다.

_《내 생에 가장 따뜻한 날들》(강이북스, 2014)

박동규 •••

1939년 경상북도 월성군에서 박목월 시인의 장남으로 출생했다. 1962년 〈현대문학〉에 평론으로 추천되었으며 문학 평론가이자 서울대 국문과 교수, 문학 박사로 현재 서울대학교 명예 교수이다. 저서로《한국 현대 소설의 비평적 분석》《현대 한국 소설의 성격》《전후 대표 작품 분석》등의 논문집과《별을 밟고 오는 영혼》《오늘 당신이라 부를 수 있는 행복》《사랑하는 나의 가족에게》《삶의 길을 묻는 당신에게》《아버지는 변하지 않는다》등의 수필집이 있고, 문장론집《글쓰기를 두려워 말라》《신문장 강화》등이 있다.

젓가락질 잘해야만 밥 잘 먹나요?

엄지원

젓가락질의 정석은 대체 누가 만든 건가요? DJ DOC 노래처럼 젓가락질 잘 못해도 밥 잘 먹는데……. 어른들과 밥 먹을 때 젓가락질 못한다고 꾸중 들을까 노심초사하는 1인입니다. 아서왕도 울고 갈 전주의 엑스칼리버, 짬뽕 먹다 의문 생겨 문의드립니다.

(독자 전주 사는 김 아무개 양)

그녀의 오른쪽 새끼손가락이 위태롭게 공중을 가릅니다. 끼니를 챙겨 먹을 때, 그녀의 오른손 새끼손가락은 늘 고공 농성 중입니다. '오냐오냐 사랑만 받아서' 젓가락질을 못 배웠다는 동료 기자 이야깁니다. 정석에 가까운 젓가락질을 정교하게 구사하는 저는 사실 잘 모릅니다. 날렵하게 잘 빠진 잔치국수도 파스타처럼 젓가락에 돌돌

말아 먹는 소수자들의 비애를.

　무거운 쇠젓가락을 한 손에 쥔 채 김치를 찢어 내는 한국인들의 '젓가락 신공'은, 같은 젓가락 문화권인 중국이나 일본에 견줘도 세계적인 '레전드급'입니다. 그러나 음식 문화 전문가들의 이야기를 들어 보면, 사실 젓가락을 쥐는 데 완벽한 표준은 없습니다.

　다만 젓가락을 사용하는 한·중·일 삼국에서 공통적으로 발견되는 기술은 있습니다. 위의 젓가락을 검지와 중지 사이에 끼우고, 약지와 소지*로 아래 젓가락을 받친 뒤 엄지로 두 개의 젓가락을 가볍게 눌러 주는 방식입니다. 중국에서 발원해 3000여 년 동안 역사를 이어 온 두 개의 작대기를 요리조리 쥐어 보는 과정에서 인류가 지혜를 짜 모은 것이 아닌가 합니다. 이 때문에 《수학의 정석》 표지에 홍성대 선생님 이름이 아로새겨졌듯 '젓가락질의 정석' 저자가 누구인지 그 저작권자를 찾아내는 일이란 단언컨대 불가능할 것입니다.

　국제 표준화 기구에도 등재되지 않은 젓가락 사용법으로 숱한 젓가락 소수자들을 울리는 도도한 움직임이 언제 비롯됐는지는 따져 볼 만합니다. 한국인의 젓가락·숟가락 문화를 20년 가까이 연구한 주영하 한국학중앙연구원 민속학 교수는 "얼마나 젓가락질을 잘하는지 따지는 건 일본에서 들어온 풍속."이라고 설명합니다.

　원래 한국 문화에선 숟가락이 더 중요했다는 겁니다. 밥·국만으로 연명한 조선 민중에게 젓가락은 호사스러운 물건이었습니다. 잘

---

* 소지: 새끼손가락.

게 썬 밑반찬을 푸짐하게 차려 먹던 양반님네나 소장하는 '레어템'이었던 거지요. 실제 옛 풍속화를 보면 민초들이 숟가락만 들고 밥 먹는 풍경을 볼 수 있습니다. 젓가락은 양반가의 남자가 아니면 가진 경우가 드물었고 양반 여성들도 숟가락으로만 밥을 먹었습니다.

반면 숟가락을 쓰지 않는 일본에서는 젓가락 사용법이 정교하게 발달했습니다. 근대화 이후 어린이들을 대상으로 한 젓가락질 교육 프로그램을 만들어 낸 것도 일본이고, 최근 젊은 엄마들 사이에 유행하는 젓가락 교정기를 발명한 것도 일본이거든요. 일제 시대 이후 조선에서도 외식업과 근대적 위생관이 발달하면서 젓가락이 각광받게 됐다는 게 주영하 교수의 추정입니다. "너 밥상에 불만 있냐."라고 참견하던 옆집 아저씨는 일본에서 건너왔을 확률이 높습니다.

젓가락 소수자 여러분, 어른들이 또 "젓가락질 못 배웠냐."라고 핍박하면 당당히 이야기하세요. "한국인의 얼은 숟가락에 담습니다."라고. 손발이 오그라들지도 몰라요.

_〈한겨레21〉 제979호 (2013.09.26)

엄지원 •••

〈한겨레21〉과 〈한겨레신문〉 사회부 기자를 거쳐 〈한겨레신문〉 사회
부 사건팀장으로 일하고 있다. 2012년 제15회 국제앰네스티 언론상,
2012년 한국기자협회 이달의 기자상을 받았다.

직립 보행

법정

　오늘은 볼일이 좀 있어 세상 바람을 쐬고 돌아왔다. 산에서 가장 가까운 도시래야 140리 밖에 있는 광주시. 늘 그렇듯이 세상은 시끄러움과 먼지를 일으키며 바쁘게 돌아가고 있었다. 우체국에서 볼일을 마치고, 나온 걸음에 시장에 들러 찬거리를 좀 사고, 눈 속에서 신을 털신도 한 켤레 골랐다. 그리고 화장품 가게가 눈에 띄길래 손튼 데 바르는 약도 하나 샀다. 돌아오는 길에는 차 시간이 맞지 않아 다른 데로 가는 차를 타고 도중에 내려 30리 길을 걸어서 왔다.

　논밭이 텅 빈 초겨울의 들길을 휘적휘적 걸으니, 차 속에서 찌뿌드드하던 머리도 말끔히 개어 상쾌하게 부풀어 올랐다. 걷는 것은 얼마나 자유스럽고 주체적인 동작인가. 밝은 햇살을 온몸에 받으며 상쾌한 공기를 마음껏 마시고 시적시적 활개를 치면서 걷는다는 것은 참으로 유쾌한 일이다. 걷는 것은 어디에도 의존하지 않고 내가 내 힘으로 이동하는 일이다.

흥이 나면 휘파람도 불 수 있고, 산수가 아름다운 곳에 이르면 걸음을 멈추고 눈을 닦을 수도 있다. 길벗이 없더라도 무방하리라. 치수가 맞지 않는 길벗은 오히려 부담이 되니까, 좀 허전하더라도 그것은 나그네의 체중 같은 것. 혼자서 걷는 길이 생각에 몰입할 수 있어 좋다. 살아온 자취를 되돌아보고 앞으로 넘어야 할 삶의 고개를 헤아린다.

인간이 사유하게 된 것은, 모르긴 하지만 걷는 일로부터 시작됐을 것이다. 한 곳에 멈추어 생각하면 맴돌거나 망상에 사로잡히기 쉽지만, 걸으면서 궁리를 하면 막힘 없이 술술 풀려 깊이와 무게를 더할 수 있다. 칸트나 베토벤의 경우를 들출 것도 없이, 위대한 철인이나 예술가들이 즐겨 산책길에 나선 것도 따지고 보면 걷는 데서 창의력을 일깨울 수 있었기 때문일 것이다.

그런데 언제부턴가 우리들은 잃어 가고 있다. 이렇듯 당당한 직립 보행을. 인간만이 누릴 수 있다는 그 의젓한 자세를. 더 말할 나위도 없이 자동차라는 교통수단이 생기면서 우리들은 걸음을 조금씩 빼앗기고 말았다. 그리고 생각의 자유도 서서히 박탈당하기 시작했다. 붐비는 차 안에서는 긴장을 풀 수 없기 때문에 생각을 제대로 펴 나갈 수가 없다. 이름도 성도 알 수 없는 몸뚱이들에게 떠밀려 둥둥 떠 있어야 한다.

그리고 운전기사와 안내양이 공모하여 노상 틀어 대는 소음 장치 때문에 우리는 머리를 비워 주어야 한다. 차가 내뿜는 매연의 독소는 말해 봐야 잔소리이니 덮어 두기로 하지만, 편리한 교통수단이라는 게 이런 것인가. 편리한 만큼 우리는 귀중한 무엇인가를 잃어 가고 있다.

30리 길을 걸어오면서, 이 넓은 천지에 내 몸 하나 기댈 곳을 찾아 이렇게 걷고 있구나 싶으니 새나 짐승, 곤충들까지도 그 귀소歸巢의 길을 방해해서는 안 되겠다는 생각이 들었다. 그들도 저마다 기댈 곳을 찾아 부지런히 길을 가고 있을 테니까.

나는 오늘 차가 없어 걸어온 것을 고맙고 다행하게 생각한다. 내가 내 길을 내 발로 디디면서 모처럼 직립 보행을 할 수 있었다.

언젠가 읽었던 한 시인의 글이 생각난다.

"현대인은 자동차를 보자 첫눈에 반해 그것과 결혼하였다. 그래서 영영 목가적인 세계로 돌아오지 못하게 되었다."

_《서 있는 사람들》(샘터, 1978)

법정 • • •

   강원도 산골의 화전민이 살던 주인 없는 오두막에서 직접 땔감을 구하고 밭을 일구면서 무소유의 삶을 살았다. 2010년 3월 11일(음력 1월 26일) 입적*했다. 대표적인 수필집으로는 《무소유》《오두막 편지》《새들이 떠나간 숲은 적막하다》《서 있는 사람들》《인도 기행》《홀로 사는 즐거움》《그물에 걸리지 않는 바람처럼》 등이 있다. 그 밖에 《숫타니파타》《불타 석가모니》《진리의 말씀》《인연 이야기》《신역 화엄경》 등의 역서를 출간했다.

* 입적: 승려가 죽음.

집을 수리하고 나서

이규보

    우리 집에는 퇴락한 행랑채가 있다. 그런데 그중 세 칸이 곧 쓰러질 것만 같아, 어쩔 수 없이 전부 수리를 하게 되었다.

    이 일이 있기 전, 그 가운데 두 칸에는 오래전부터 비가 샜었는데, 나는 그걸 알고도 그냥 내버려 두다가 미처 수리를 하지 못하였고, 나머지 한 칸은 한 번밖에 비가 새지 않았을 때 급히 기와를 교체하게 한 적이 있다.

    그런데 이번에 수리를 하고 보니 비가 오래 샌 곳은 서까래와 추녀며 기둥과 들보가 모두 썩어서 못 쓰게 되었으므로 경비가 많이 들었고, 한 번밖에 비가 새지 않은 곳은 재목들이 모두 온전하여 다시 쓸 수 있었기 때문에 비용을 줄일 수 있었다.

    그래서 나는 이런 생각이 들었다.

이런 일은 사람의 경우에도 마찬가지가 아닐까. 잘못을 알고서도 즉시 고치지 않는다면, 오래 비를 맞은 목재가 썩어 못 쓰게 되듯이, 자기 몸을 망치게 될 것이다. 반면에 잘못한 일을 거리낌 없이 고친다면, 비 맞은 목재를 다시 쓸 수 있었던 것처럼, 그 잘못한 일은 다시 착한 사람이 되는 데 아무 방해도 되지 않을 것이다.

또한, 여기에만 그칠 일이 아니다. 나라의 정치도 역시 이와 같은 것이다. 모든 일에 있어서 백성에게 큰 피해가 되는 것들을 이리저리 둘러맞추기만 하고 개혁하지 않다가, 백성이 못살게 되고 나라가 위태해지고 나서야 갑자기 바꾸려 한다면, 나라를 부지하기 어려운 법이다. 그러니 신중하게 생각하지 않을 수 있겠는가.

_김하라 편역, 《욕심을 잊으면 새들의 친구가 되네: 이규보 선집》(돌베개, 2006)

이규보 • • •

1168년에 태어나 1241년 서거한 고려 중기의 문인, 자는 춘경春卿, 호는 백운거사白雲居士이며, 문집으로 《동국이상국집東國李相國集》이 있다. 도가적道家的 감수성을 바탕으로 유교와 불교를 아우른바, 그의 시 세계는 현실주의와 낭만주의가 조화를 이루고 있다. 특히 그는 장자莊子의 영향으로 만물을 평등하게 보면서도 장자와는 달리 따뜻한 연민을 간직하여, 존재하는 모든 것들의 구체적 아름다움과 존재 의미를 읊은 영물시詠物詩와 잔약한 백성에 대한 연민이 표출된 애민시愛民詩에서 전인미답*의 경지를 이루었다.

편역 김하라 • • •

서울대학교 역사 교육과와 국어 국문학과를 졸업하고 같은 대학교 대학원 한문학 전공으로 박사 학위를 받았다. 《욕심을 잊으면 새들의 친구가 되네: 이규보 선집》 외에도 《일기를 쓰다: 흠영 선집》(1~2)을 한글로 옮겼고, 《어린이의 마음을 담은 한시》를 지었다.

* 전인미답: 이제까지 그 누구도 가 보지 못함.

"2부 '나아감'은 앞으로 우리가 발전해 가야 할 방향에 대해
생각하게 합니다. 발전은 있는 그대로를 수용하는 것이 아니라
호기심을 갖고 질문을 하며 변화와 혁신을 추구할 때 이루어진다는 점을
옛 그림을 읽는 방법, 기존과는 다른 참신한 문학 작품 해석 방법,
음식의 유래와 발전, 소비 심리를 활용한 마케팅의 방안 등
다양한 분야의 수필을 통해 일깨워 줍니다."

_'추천의 글' 중에서

2부
나아감

다시 읽는 한국 시

이어령 교수의 '에세이 시화전'

이어령

'사랑의 기쁨'을 역설적으로 노래했다

한 세기 가까이 이별가離別歌의 전형으로 잘못 읽혀

'……뿌리우리다' 등 의지-바람의 미래 시제로 표현

경쾌한 칠오조調…… 수줍음과 정열의 '이중적 정서' 함축

가장 널리 알려져 있는 시詩. 그러나 가장 잘못 읽혀져 온 시詩, 그
것이 바로 김소월의 〈진달래꽃〉이다. 거의 모든 사람들은 〈진달래
꽃〉이 이별을 노래한 시라고만 생각해 왔으며 심지어는 대학 입시
국어 문제에서도 그렇게 써야만 정답이 되었다. 하지만 "나 보기가
역겨워 가실 때에는 말없이 고이 보내 드리우리다"라는 그 첫 행 하

나만 조심스럽게 읽어 봐도 그것이 결코 이별만을 노래한 단순한 시가 아니라는 것을 간단히 알 수가 있다. 왜냐하면 '가실 때에는' '드리우리다'와 같은 말에 명백하게 드러나 있듯이 이 시는 미래 추정형으로 쓰여 있기 때문이다. 영문 같았으면 'If'로 시작되는 가정법과 의지 미래형으로 서술되었을 문장이다. 이 시 전체의 서술어는 '드리우리다' '뿌리우리다' '옵소서' '흘리우리다'로 전문에 모두 의지나 바람을 나타내는 미래의 시제로 되어 있다.

그렇기 때문에 실제적 의미로 보면 지금 님은 자기를 역겨워하지도 않으며 떠난 것도 아니다. 오히려 그들은 지금 이별은커녕 열렬히 사랑을 하고 있는 중임을 알 수가 있다. 그런데도 이 시를 한국 이별가의 전형으로 읽어 온 것은 미래 추정형으로 된 〈진달래꽃〉의 시제를 무시하고 그것을 현재나 과거형으로 진술한 이별가와 동일하게 생각해 왔기 때문이다.

고려 때의 가요 〈가시리〉에서 시작하여 "10리도 못 가서 발병 난다."라는 〈아리랑〉의 민요에 이르기까지 이별을 노래한 한국 시들은 백이면 백 이별의 그 정황을 과거형이나 현재형으로 진술해 왔다. 오직 김소월의 〈진달래꽃〉만 이 이별의 시제가 미래 추정형으로 되어 있고 시 전체가 '만약'이라는 가정을 전제로 해서 전개되고 있는 것이다.

〈진달래꽃〉의 시적 의미를 결정짓는 것. 그리고 그것이 다른 시들과 차별화할 수 있는 가장 기본적인 요소는 바로 이 같은 시의 시제時制에 있는 것이라고 할 수 있다. 가령 미래 추정형의 시제를 실제 일어났던 과거형으로 바꿔서 '나 보기가 역겨워 가신 그대를 말없이 고이 보내 드렸었지요'로 고쳐 보면 어떻게 될 것인가. 그것은 이미 소월의 〈진달래꽃〉과는 전혀 다른 시가 되고 말 것이다. 그렇기 때문에 〈진달래꽃〉을 이별의 노래라고 생각한다는 것은 '만약에 100만 원이 생긴다면은'이라는 옛 가요를 듣고 그것이 백만장자의 노래라고 말하는 것과 똑같은 시 음치詩音癡에 속하는 일이다. 그같은 오독誤讀이 〈진달래꽃〉을 읽는 시의 재미와 그 창조적인 의미를 얼마나 무참히 파괴해 버렸는가는 췌언할* 필요가 없다. 그러한 오독으로 인해서 "고이 보내 드리우리다"나 "죽어도 아니 눈물 흘리우리다"와 같은 시의 역설이 한국 여인의 부덕婦德으로 풀이되기도 하고 급기야는 이 시를 《명심보감》이나 양반집 내훈內訓의 대역에 오르도록 했다.

자기를 역겹다고 버린 임을 원망은커녕 꽃까지 뿌려 주겠다는 인심 좋은 한국 여인의 관용이, 그리고 눈물조차 흘리지 않겠다는 극기의 그 여인상이 〈진달래꽃〉의 메시지였다면 그 시는 물론이고 〈진달래꽃〉의 이미지조차도 우스워진다. 그렇다. 그런 메시지에 어울리는 꽃이라면 그것은 저 유교적 이념의 등록 상표인 '국화'요 '매화'일 것이다.

〈진달래꽃〉은 결코 점잖은 꽃, 자기 억제의 꽃이라고는 할 수 없다. 그것은 울타리 안에서 길들여진 가축화家畜化한 완상용 꽃이 아

---

* 췌언하다: 쓸데없는 군더더기 말을 하다.

니다. 오히려 겨우내 야산의 어느 바위틈이나 벼랑가에 숨어 있다가 봄과 함께 분출한 춘정을 주체할 바 모르는 야속野俗의 꽃인 것이다.

더구나 영변 약산藥山에 피는 진달래꽃은 그 색깔이 짙기로 이름나 있다. 온 산 전체를 온통 불태우는 꽃으로 신윤복의 그림 〈연소답청年少踏靑〉에서 보듯 남자들과 나귀 타고 산행을 하는 기녀妓女들의 머리에 꽂았을 때 가장 잘 어울리는 꽃인 것이다. 그런 진달래가 이별의 슬픔을 억제하고 너그러운 부덕을 상징하는 자리에 등장하는 꽃이라니 말도 안 되는 소리이다. 유교 사회에 있어 진달래꽃은 그 흔한 화조 병풍이나 화투장에서마저도 멀찌감치 물러나 앉은 반문화적 꽃이라는 것을 기억해 주기 바란다.

그렇기 때문에 우리는 어째서 〈진달래꽃〉이 어둡고 청승맞은 사사조四四調의 우수율偶數律이 아니라 밝고 경쾌하며 조금은 까불까불한 느낌조차 주는 칠오조七五調의 기수율奇數律로 되어 있는가를 깨닫게 된다. 그것은 이별가의 침통한 가락이 아니다. 약간은 수줍게 그러면서도 철없이 불타오르는 〈진달래꽃〉 같은 사랑의 언어들, 때로는 장난기마저 깃든 천진난만한 〈소녀의 기도〉 소리의 율동을 들을 수가 있다.

한마디로 말해서 밤의 어둠을 바탕으로 삼지 않고서는 별빛의 영롱함을 그려 낼 수 없듯이 이별의 슬픔을 바탕으로 하지 않고서는 사랑의 기쁨을 가시화할 수 없는 역설로 빚어진 것이 바로 소월의 〈진달래꽃〉인 것이다.

즉 이별의 가정을 통해 현재의 사랑하는 마음을 나타낸 시이다. 이별을 이별로써 노래하거나 사랑을 사랑으로 노래하는 평면적 의미와 달리 소월은 사랑의 시점에서 이별을 노래하는 겹시각을 통해서 언어의 복합적 공간을 만들어 내고 있는 것이다.

사랑의 기쁨과 이별의 슬픔이라는 대립된 정서, 대립된 시간 그리고 대립된 상황을 이른바 '반대의 일치'라는 역설의 시학으로 함께 묶어 놓는다. 그래서 사랑을 반기고 맞이하는 꽃이 여기에서는 반대로 이별의 객관적 상관물이 되고, 향기를 맡고 머리에 꽂는 꽃의 상부적上部的 이미지가 돌이나 흙과 같이 바닥에 깔리거나 발에 밟히는 하부적 이미지로 바뀐다. 그러한 꽃의 이미지 때문에 가벼움을 나타내는 '사뿐히'와 무거움을 나타내는 '밟다'라는 서로 모순하는 어휘가 하나로 결합하여 "사뿐히 즈려밟고"의 당착* 어법撞着語法이 되기도 한다.

소월이 아니었더라면 우리는 산에 핀 진달래거나 혹은 여인의 머리나 나무꾼의 지게에 꽂아진 진달래의 그 아름다움밖에는 모를 뻔했다. 그러나 반대의 것을 서로 결합시키는 소월의 시적 상상력을 통해서 우리는 비로소 바위틈에서 피어나는 진달래만이 아니라 슬픈 발걸음 하나하나에서 밟히우면서 동시에 희열로 피어나는 또 다른 가상 공간의 진달래꽃의 아름다움과 만난다.

그것이 바로 이별의 슬픔을 통해서 사랑의 기쁨을 가시화하는 역설 또는 아이러니라는 시적 장치이다. 그렇게 해서 얻어진 시의 복

* 당착: 말이나 행동 따위의 앞뒤가 맞지 않음.

합적 의미는 반드시 한 항목만을 골라 동그라미를 쳐야 하는 사지선다의 객관식 답안지로는 영원히 도달될 수 없는 세계이다.

"죽어도 아니 눈물 흘리우리다"의 마지막 구절을 눈여겨보면 산문과는 달리 복합적 구조를 가진 시적 아이러니가 무엇인지를 알게 될 것이다. 어느 평자도 지적한 적이 있지만 산문적인 의미로 볼 때에는 "죽어도 아니 눈물 흘리우리다"와 '죽어도 눈물 아니 흘리우리다'는 조금도 뜻이 다를 것이 없다. 그러나 부정을 뜻하는 '아니'가 '눈물' 앞에 오느냐 뒤에 오느냐로 시적 의미는 전혀 달라진다. 아니가 뒤에 올 때에는 단순히 평서문으로서 그냥 눈물을 흘리지 않겠다는 진술 이상의 의미를 갖지 않는다. 하지만 아니가 눈물 앞에 올 때에는 그 부정의 의미가 훨씬 강력해진다. '아니'라는 말이 의도적으로 강조되고 있기 때문이다. 눈물을 참을 수 없을 것이라는 생각이 들면 들수록 눈물을 흘리지 않겠다는 다짐은 더욱 강해질 수밖에 없다. 그러므로 강력한 부정일수록 긍정으로 들리는 시의 역설이 생겨나게 된다.

김소월의 〈진달래꽃〉은 한 세기 가까이 긴 세월을 두고 오독되어 온 셈이다. 그러나 그것은 단순한 이별의 노래가 아니다. 역겨움과 떠남이 미래형으로 서술되고 있는 한 '사랑'은 언제나 '지금'인 것이다. 사랑을 현재형으로, 이별을 미래형으로 이야기하고 있는 소월의 특이한 시적 시제時制 속에서는 언제나 이별은 그 반대편에 있는 사랑의 기쁨과 열정을 가리키는 손가락의 구실을 한다. 그러한 모순과 역설의 이중적 정서를 가시화하면 봄마다 약산藥山 전체를 불타오르

게 하는 그러면서도 바위틈 사이에서 하나하나 외롭게 피어나는 진
달래 꽃잎이 될 것이다.

_ 〈조선일보〉(1996.03.17)

이어령 •••

　1934년 충청남도 온양에서 태어났다. 대한민국예술원 회원, 문학 박사, 문학 평론가, 이화여자대학교 석좌 교수, 동아시아 문화 도시 조직위원회 명예위원장, 유네스코 세계문화예술교육대회 조직위원장 등을 역임했다. 반평생 동안 이화여자대학교 국어 국문학과 교수로 재직했으며, 석좌 교수, 석학 교수를 지냈다. 〈조선일보〉〈한국일보〉〈중앙일보〉〈경향신문〉 등 여러 신문의 논설위원으로 활약했으며, 월간 〈문학사상〉의 주간으로 편집을 이끌었다. 서울 올림픽 개·폐회식과 식전 문화 행사, 대전 엑스포의 문화 행사 리사이클관을 주도했으며 초대 문화부 장관을 지냈다. 평론과 소설, 희곡, 에세이, 시, 문화 비평 등 장르를 가리지 않고 다방면의 글을 써 왔으며, 대표 저서로 《흙 속에 저 바람 속에》《축소 지향의 일본인》《디지로그》《젊음의 탄생》《지성에서 영성으로》《빵만으로는 살 수 없다》《생명이 자본이다》《이어령의 가위바위보 문명론》《이어령의 보자기 인문학》《언어로 세운 집》《이어령의 지의 최전선》 등이 있다.

들썩거리는 서민의 신명
김홍도의 <씨름>과 <무동>

오주석

절로 뛰어들게 만드는 씨름판의 풍경

200년 전 어느 시골 장터에 씨름판이 벌어졌다. 이 시골이 어딘지 알 수도 없지만 또 굳이 말할 필요조차 없는 것은, 당시는 단오절이면 어느 고을 할 것 없이 남정네는 활쏘기와 씨름판을 벌이고, 여인네는 그네 타기와 창포물에 머리 감기로 전국이 떠들썩했기 때문이다. 단오는 음력 5월 5일이라, 이제 막 힘든 모내기를 마치고 한 해의 풍년을 기원하는 뜻이 담긴 명절이다. 지금 사진도 없었던 그 시절 그 광경을 타임캡슐을 타지 않고서도 마치 눈앞의 일인 것처럼 실감 나게 살펴볼 수 있는 것은 오로지 단원檀園 김홍도金弘道가 그린 <씨름>이라는, 이 작은 그림 한 폭 덕택이다.

김홍도 〈씨름〉, 종이에 수묵 담채, 27.0×22.7cm, 보물 527호, 국립중앙박물관 소장.

그림을 보면 구경꾼은 모두 열아홉 명이나 되는데 한복판의 두 씨름꾼에게서 적당한 간격을 두고 둥글게 빙 둘러앉았다. 오른편 위로부터 시계 반대 방향으로 살펴보면 사람따라 보는 태도도 참으로 각양각색이다. 우선 땅에 놓인 위가 뾰족한 말뚝벙거지는 마부나 구종*이 쓰는 모자다. 상투잡이 둘 가운데 한 사람이 마부였던 모양이다. 수염 난 중년 사내는 좋아라 입을 헤벌리고 앞으로 윗몸을 기울이느라 두 손을 땅에 짚었다. 막 끝나려는 씨름 판세가 반대편으로 넘어갈 듯해서다. 인물이 준수한 젊은이는 팔을 베고 아예 비스듬히 누워 부채를 무릎에 얹었다. 씨름판이 꽤 됐는지 앉아 있기에도 진력이 난 것이다. 총각머리 세 아이는 눈망울도 초롱초롱한데 큰 녀석은 제법 본새가 의젓하고 작은 아이는 겁이 나는 듯 어깨를 오그렸다.

　왼편 위엔 모두 여덟 사람인데 맨 구석의 점잖은 노인은 의관을 흩뜨리지 않고 단정히 앉았으며, 그 앞의 갓 쓴 젊은이는 다리가 저리는지 왼편 다리만 슬그머니 뻗었는데, 부채로 얼굴 가린 양을 보면 소심한 성격인 듯하다. 그 뒤쪽 사람은 "야, 이것 봐라!" 하는 큰 표정이 남다르며, 작은 아이는 두 다리를 털퍼덕 내벌려 양손으로 제 발을 쥔 재미난 모양을 하고 있다. 아래쪽 세 사내는 모두 갓을 벗은 모습으로 장년의 두 인물은 갓을 서로 포개 놓았고 새신랑 같은 젊은 쪽은 따로 두었다. 젊은이는 "어어!" 하고 오른손으로 허공

---

*구종(驅從): 말을 타고 갈 때에 고삐를 잡고 앞에서 끌거나 뒤에서 따르는 하인.

을 젓고 있다. 그런데 수염 난 두 사람은 자세도 다부지고 눈매 역시 만만치 않다. 특히 앞 사람은 무릎을 당겨 깍지를 꼈는데 등줄기가 곧고 눈빛이 침착하며 발막신*까지 벗어 놓은 걸 보면 아마도 다음 판에 나설 씨름꾼인 성싶다.

왼편 아래는 네 사람으로 체수**가 큰 이와 통통한 이, 그리고 자그마한 사람까지 어른이 셋에 떠꺼머리총각이 하나다. 그중에 두 사람은 합죽선을 부치고 있다. 원래 단오는 양력으로 유월 초여름께라, 이때는 세시 풍속으로 부채를 만들어서 윗사람이 아랫사람에게 선물하는 것이 관례였다. 그래서 멋 삼아, 자랑삼아 너도나도 철 이른 부채를 든 것이다. 오른편 아래 두 사람을 보자. 구경꾼 가운데서도 가장 크고 짙게 그려진 이들은 깜짝 놀란 듯 입을 벌린 채 다시 다물지를 못한다. 또 머리를 뒤로 젖혔는데 상반신까지 뒤로 밀리며 한 팔로 뒤 땅을 짚었다. 그러니 열세인 씨름꾼이 이 사람들 쪽으로 내동댕이쳐질 것이 분명하다.

한데 앞사람의 두 손이 참 이상하다. 왼손은 꼭 오른손 같고, 오른손은 분명 왼손인 것이다. 꼼꼼히 살피지 않으면 전혀 의식할 수 없는 이 실수를 두고 어떤 이는 이렇게 말하였다. 즉 씨름판의 열기가 오를 만큼 올라서 이기고 지는 긴박감이 극에 달한 나머지, "화가 또한 다급해서 손가락 모양까지 바꿔 그렸다."는 것이다. 하지만 화가가 무엇이 그리 다급했겠는가. 아마도 뒷모습을 얼굴이 반 넘어 보

* 발막신: 예전에, 흔히 잘사는 집의 노인이 신었던 마른신.
** 체수: 몸의 크기.

이게 그리다 보니 아차 하는 순간에 앞모습으로 착각한 것일 게다. 아무튼 긴장감이 넘쳐 나는 것만은 틀림없는데, 그 오른편 가에는 구경꾼이 적은 대신에 씨름꾼의 발막신과 짚신을 나란히 놓아서 다른 쪽과 절묘한 균형을 잡고 있다.

씨름꾼 세부

이제 누가 이기는지 선수들을 살펴보자. 아무래도 한눈에 뒷사람이 곧 질 듯하다. 등을 보인 사나이는 우선 두 발이 땅에 굳건한데, 저편은 한 발이 완전히 허공 중에 들리고 다른 쪽 발도 벌써 반쯤은 땅에서 떨어졌다. 들배지기에 걸려 체중이 떠오르니 안 넘어가려고 안간힘을 쓰는 눈빛에는 당황한 기색이 역력하고 양미간에는 애처롭게도 깊은 주름까지 파였다. 또 마지막 희망인 오른손조차 힘이 빠져가니 그 손가락이 바나나처럼 쭉 늘어난 모습으로 과장되게 그려져 있다. 한편 다른 편 장사는 이번엔 아주 끝을 낼 요량으로 젖 먹던 힘까지 내어 마지막 용을 쓰는데 그렇지 않아도 다부지고 억센 몸에 온 가득히 힘이 들었고 아래턱까지 앙그러지게 악물었다. 시계 반대 방향으로 잡아채었는데 거의 다 걸린 기술이 끝에 가서 정말 애를 먹이는구나. 그러나 판은 틀림없이 났다. 다음 순간 거꾸로 홱 잡아챌 것이기 때문이다. 그래서 오른편 아래쪽으로 넘어갈 것을 구경꾼이 먼저 알았다.

그런데 씨름판을 잘 보자면 요즘 흔히들 하는 왼씨름이 아니다. 오른편 팔뚝에 삼베 샅바를 몇 번 감아 상대의 왼쪽 허벅지를 휘감아서 오른손으로 쥔 것하며, 허리에 따로 띠를 매지 않고 상대 허리 위에 그냥 왼손을 얹은 양이 지금은 보기 힘든 소위 바씨름인 것이다. 예전에는 지방마다 씨름하는 방식도 조금씩 달라서 서울, 경기 일원에서만 바씨름을 했다고 하니 이곳이 어디였는지 절로 짐작이 간다. 아무튼 판이 끝난 듯해도 아직은 판막음*이 난 것도 아니므로 씨름판은 흥분과 초조로 서로 뒤엇갈리며 점차 최고조를 향해 간다. 그러나 그 와중에도 단 한 사람 여유만만한 이가 있다. 씨름꾼과 등을 진 채 목판을 둘러멘 떠꺼머리 엿장수가 그 사람이다. 뭉툭 코에 사람 좋은 웃음을 띠고 총각은 혼자 딴청을 피우고 있다. 엿판에 놓인 엽전 세 닢에 마음이 흐뭇해서일까.

〈씨름〉은 공책만 한 작은 화첩에 스물두 명이나 그려져 있고, 게다가 한 사람 한 사람이 제각기 다른 표정에 다른 자세를 하고 있다. 이 작품이 척척 그려 낸 스케치풍임에도 불구하고 웬만한 화가라면 그려 낼 수 없으리라고 판단되는 것은 그 때문이다. 특히 뛰어난 것은 작품 전체의 구도다. 빙 둘러앉은 구경꾼으로 동그라미를 이루게 하고 그들의 구심적인 시선의 한복판에 씨름꾼을 놓아 그림에 강한 통일성을 주었다. 하지만 통일성만 강해도 그림이 답답해질 우려가 있으므로 오른편 가를 일부러 텅 터놓았다. 또 시선이 모이기만 해

---

* 판막음: 그 판에서의 마지막 승리. 또는 마지막 승부를 가리는 일.

도 단조로우니 엿장수는 짐짓 딴 데를 본다. 한편 갓과 벙거지를 적당히 흩어 놓아 화면에 리듬감이 살아 있고 부채 또한 여기저기서 똑같은 역할을 한다.

그러나 무엇보다도 빼어난 구성상의 묘미는 위가 무겁고 아래가 가벼워지도록 처리한 데에 있다. 단오 씨름판에서 넘쳐 나는 힘찬 에너지는 기본적으로는 맞붙어 용을 쓰는 두 씨름꾼에게서 나오는 것이지만, 위쪽에 더 많이 배치된 구경꾼들의 무게와 그들의 열띤 시선이 이를 뒷받침하고 있기 때문이다. 더구나 이들은 그림을 감상하는 사람에게 고스란히 노출되어 있다. 그러므로 작품 속의 구경꾼들은 자신들이 그림 밖의 감상자에 의해 관찰되고 있음을 전혀 의식하지 못하고 자연스럽기 이를 데 없는 제각각의 표정을 짓고 있다. 또 자세히 살펴보면 주인공인 씨름꾼들이 앞쪽의 구경꾼들보다도 약간 큼직하게 그려져 있다. 그뿐만 아니라 내려다보고 그린 구경꾼 모습과는 달리 씨름꾼은 앉은 자리에서 치켜다 본 각도로 그려졌음을 알 수 있다. 만약 화가가 구경꾼들처럼 똑같이 내려다보고 그렸다면 씨름꾼들은 훨씬 납작하게 보였을 것이고 결과적으로 역동적인 씨름판의 활기는 전혀 살아나지 못했을 것이다. 한마디로 씨름꾼들은 구경꾼들이 바라본 모습 그대로인데, 그 때문에 감상자는 구경꾼들과 완전히 하나가 되어 덩달아 씨름판에 끼어들게 되는 것이다.

낙천성과 대범함에서 우러난 자연미

지금 저 사람들이 한창 질펀하게 놀고 있는 가락은 어떤 소리, 무

춤추는 아이 세부

은 분명히 아닌데, 그렇다고 아이라고 하기에는 다소 숙성해 보이는 것은 흐드러진 춤사위가 너무나 멋스럽기 때문일까? 아무튼 수염이 없고 얼굴 생김이 동그란 점으로 보아 열셋이나 열넷쯤 된 소년이라고 생각된다. 왼쪽 발로 힘차게 땅을 구르자 그 김에 절로 오른쪽 다리가 둥실 들렸는데, 덩달아 휘젓는 팔의 매무새가 소매 끝까지 자연스럽기 그지없다. 그리고 소년의 모든 체중은 맵시 있게 들어 올린 발끝의 한 점으로 지탱되고 있다. 지금 이렇게 펄쩍 뛰어오른 자세를 보면 당초엔 느렸던 가락이 한참을 이어지는 동안에 꽤나 빨라졌음을 알 수 있다.

그런데 이 소년의 출렁이는 옷자락에는 그야말로 우리 옛 그림에서만 볼 수 있는 멋드러진 묵선이 펼쳐져 있어서 눈이 번쩍 뜨인다. 우선 다른 악공들의 옷 주름과 비교해 보면, 저들의 주름선은 대체로 굵기의 변화가 적어서 마치 요즘의 사인펜 선과 비슷하다. 그러나 소년의 그것은 전혀 다르다. 첫째는 붓이 종이에 닿는 순간에 묵직하게 힘이 들어갔고, 둘째로 팔꿈치나 손목과 같이 선이 꺾어 나가는 부분에서 묵선이 우뚝우뚝 서면서 기운이 뭉쳤으며, 셋째로 윗몸에 두른 끈이 바람에 날리는 부분이나 빨간 신발의 윤곽선에 잘 보이듯이 선이 매우 빠르고 탄력이 있다. 이렇게 빠르고 변화 많은 선으로 그렸으므로, 아이의 춤사위는 절로 경쾌한 율동감이 넘쳐 난다.

앞서 "우리 옛 그림에서만 볼 수 있는 멋드러진 선"이라고 한 것은 중국이나 일본의 인물화에는 이와 유사한 선이 없다는 뜻이 아니다. 그들도 이와 비슷한 선을 쓰며, 아니 더욱 정교한 선을 구사하는 경우도 있다. 그러나 저들 그림의 약점은 오히려 그 정교함에 있다. 이 소년의 경우처럼 인위적인 느낌이 없는, 참 천연덕스럽게도 척척 그어 댔구나 하는 선은 좀처럼 찾아보기 힘들기 때문이다. 또 그들에게도 매우 강렬한 선이 있다. 하지만 그 경우도 역시 그들은 강렬함 자체를 너무 과장하는 경향이 있다. 우리 옛 그림에 보이는 자연스러움과는 영 다른 것이다. 이 자연스러움은 어쩌면 만사에 지나치게 집착하지 않는 우리 조상들의 타고난 낙천성과 대범함에서 우러난 것이라고 생각된다.

이제 작품 전체를 보면 소년의 옷선이 가장 진하고 해금 주자, 대금 주자 순으로 점차 뒤로 물러나면서 먹선의 농도가 일정하게 흐려졌다. 차례로 흐려진 묵선은 일체 배경이 없는 이 작품에 강한 내적 질서감을 준다. 구도는 〈씨름〉과 마찬가지로 원형을 이루었다. 그러나 중심이 비어 있다는 점이 서로 다르다. 음악이란, 특히 민속악이란 골똘하게 집중하는 그 무엇이라기보다 오히려 흐드러지게 신명을 내면서 흥을 풀어내는 것이다. 그러므로 구도는 구심적이 아닌 원심적인 것이라야 주제와 어울린다. 화폭 가운데 가상의 원 중심을 두고 살펴보면 무동의 옷자락이며 좌고의 궁글채, 그리고 오른편 피리, 대금, 해금의 선이 모두 방사선 모양으로 펼쳐져 있다.

그리고 화가는 춤추는 아이로 하여금 그림의 초점을 삼고자 하여 다른 인물들로부터 약간 떼어서 그렸다. 특별히 짙은 연록색 옷을 입히고 보색補色으로 빨강을 써서 머리 장식을 넣고 신을 신겼으며, 또 율동적인 선으로 온몸에 활기를 불어넣었다. 그런데 예나 지금이나 삼현 육각 연주는 실제로 그림에서처럼 둥글게 앉아서 노는 일이 없다. 일렬로 앉아 연주하는 것이 관례이기 때문이다. 그렇다면 작품의 원형 구도는 화가가 운영한 뛰어난 화면 구성이 아닐 수 없다. 방사선 구도의 원심적인 요소가 신명 넘치는 우리 옛 가락의 분위기를 실감 나게 조성했다면, 원형 구도 자체로는 둥글게 둥글게 넘어가며, 듣는 이를 하나로 묶어 내는 우리 옛 장단의 멋을 참으로 잘도 재현해 냈다고 하겠다.

〈무동〉은 앞서 감상한 〈씨름〉과 함께 유명한 《단원풍속화첩》에 들어 있는 25점 낱장 그림 가운데 두 폭이다. 이 작품들은 일제 강점기 때부터 담뱃갑의 디자인으로 소개된 이래 우리 국민들에게 가장 잘 알려졌고 또 그만큼 인기도 매우 높은 작품이다. 그러한 대중적 인기의 원인은 무엇일까? 첫째는 소재의 친근성이다. 너무나 그리운 우리 조상들의 세상 사는 모습을 생생하게 보여 주기 때문이다. 둘째는 그림의 만화적인 성격이다. 작품이 마치 풍물 시장을 보도하는 신문 속의 삽화처럼 세부가 소상하면서도 익살맞다. 셋째는 단순하고 빠른 필선이다. 사인펜으로 그린 현대의 캐리커처인 양 각 인물들을 요령 있게 특징 위주로 그렸으므로 대하기가 편하다.

그러나 엄밀하게 말하면 이 작품이 정말 김홍도의 작품인지 아닌지에 대해서는 수학 문제를 풀듯 똑떨어지는 판정을 내릴 수가 없다. 그것은 〈무동〉 왼편 아래쪽에 보이는 백문방인* '김홍도인金弘道印'이라는 도서가 작품 제작 당시의 것이 아니라, 나중에 찍힌 가짜 도장이기 때문이다. 실물을 잘 보면 퇴색되고 자잘한 상처가 난 종이의 표면 위에 도서가 찍혀 있다. 그렇지만 확실한 글씨나 도서가 안 보인다고 해서 거꾸로 다른 화가의 작품이라고 할 수도 없다. 작품 내용상 이제까지 알려진 다른 어떠한 작가보다도 김홍도의 화풍이나 솜씨와 가장 잘 어울리는 수작이기 때문이다. 옛 분들의 전칭傳稱**에는 가끔 잘못된 예도 없지 않지만 분명한 다른 반증이 없다면 일단은 그것을 존중하는 것이 옳다.

_《오주석의 옛 그림 읽기의 즐거움 1》(신구학원신구문화사, 2018)

---

* 백문방인: 인장의 한 종류로, 모양이 네모나고 그림이나 글씨를 옴폭하게 파내서 종이에 찍었을 때 글씨가 하얗게 나오는 것을 말한다.
** 전칭: 전하여 일컬음.

오주석 •••

    서울대학교 동양사학과와 같은 대학교 고고 미술사학과를 졸업했다. 〈코리아헤럴드〉 문화부 기자, 호암미술관 및 국립중앙박물관 학예연구원을 거쳐 중앙대학교 겸임 교수, 그리고 간송미술관 연구위원, 역사문화연구소 연구위원, 연세대학교 영상대학원 겸임 교수를 역임하였다. 한국 미술의 아름다움을 알리기 위해 전국 방방곡곡에서 강연을 펼쳤던 그는, 2005년 2월 백혈병으로 생을 마쳤다. 저서로는 《오주석의 한국의 미 특강》《단원 김홍도》《이인문의 강산무진도》《오주석의 옛 그림 읽기의 즐거움》(1~2) 《그림 속에 노닐다》《오주석이 사랑한 우리 그림》 등이 있다.

마트에 가면 왜
9,900원짜리 물건이 많을까?

박정호

많은 기업들은 자사의 제품과 서비스의 판매량을 높이기 위해 다양한 전략을 구사한다. 가격을 활용한 마케팅 기법도 그중 하나인데, 가장 흔히 목격할 수 있는 것은 단수 가격을 활용한 방법이다. 단수 가격이란 가격의 끝자리가 홀수 특히 9로 끝나는 가격을 의미한다. 미국이나 유럽의 마트에서 판매되는 물건 가격을 보면 10달러, 100달러와 같이 딱 떨어지는 것이 아니라 9달러, 99달러 등 통상 9로 끝나는 경우가 많은데 이러한 가격을 통칭하여 단수 가격이라 부른다.

원래 단수 가격은 종업원들의 절도 행위를 방지하기 위한 목적으로 도입되었다. 제품 가격을 10달러나 100달러와 같이 정할 경우, 물건을 판매하고도 거스름돈을 내줄 필요가 없기 때문에 금전 등록기에 매출 내역을 기록하지 않아도 된다. 하지만 제품의 가격을 9달러 내지 99달러 등으로 책정하면, 판매 후 거스름돈을 지급하기 위해 매출 내역을 기록하고 금전 등록기를 열어야 한다. 따라서 단수 가격을 적용할 경우 종업원들은 물건을 판매할 때 해당 내역을 반드시 금전 등록기에 기록해야 하고 이 과정에서 매출이 누락되는 일을 방지할 수 있다.

하지만 단수 가격을 도입한 뒤 일어난 변화는 정작 다른 곳에 있었다. 바로 단수 가격을 부여한 물건들의 판매량이 증가하기 시작한 것이다. 단수 가격은 많은 소비자들로 하여금 제품 가격을 저렴한 것으로 인지하게 만들었고, 그 과정에서 해당 제품의 판매량이 증가한 것이다. 예를 들어 100달러짜리 제품과 99달러짜리 제품은 실제 가격 차이는 1달러임에도 불구하고 소비자들은 100달러대 제품과 10달러대 제품으로 인식한다.

"만 원짜리 물건은 안 산다.
9,900원짜리 물건은 산다."

이러한 단수 가격 효과는 우리나라의 경우에도 여전히 유효하다. 우리나라 역시 1,000원이나 1만 원과 같이 딱 떨어지는 것이 아니라 990원이나 9,900원 등 통상 9로 시작하는 금액으로 설정하는 경우가 많다. 이 역시 단수 가격 효과를 활용하기 위함이다. 1,000원짜리 제품과 990원짜리 제품의 가격 차이는 불과 10원이지만, 소비자들은 천 원대 제품과 백 원대 제품으로 구분하여 인식한다. 이처럼 단수 가격을 활용할 경우 실제로는 적은 금액을 할인하고도, 크게 할인해 준 것과 같은 효과를 가져와 수익을 증대시킬 수 있다.

단수 가격 효과와 유사한 가격 효과로는 왼쪽 자릿수 효과가 있다. 왼쪽 자릿수 효과는 사람들이 아직까지 단수 가격에 영향을 받고 있는지 여부를 확인하기 위한 연구 과정에서 규명된 내용으로, 가격을 인식할 때 왼쪽 숫자만 보고 전체적인 가격을 판단하는 경향을 말한다.

예를 들어 똑같이 1,100원을 할인해 주더라도 제품 가격이 5,100원에서 4,000원으로 낮아진 것과 4,000원에서 2,900원으로 낮아진 것은 전혀 다르게 인식된다. 5,100원에서 4,000원으로 낮아진 것은 1,000원 정도 할인받은 것으로 생각되는 반면 4,000원에서 2,900원으로 낮아진 것은 마치 2,000원 정도 할인받은 것으로 생각된다. 실제로는 동일하게 1,100원을 할인하였음에도 불구하고, 소비자들은 이를 다르게 인식하는 것이다.

이처럼 많은 소비자들이 왼쪽 자릿수에 의존하여 전반적인 제품 가격 수준을 인식한다는 점을 활용하여 많은 기업들은 제품 가격을 할인할 때, 가능하면 왼쪽 자릿수가 크게 바뀔 수 있도록 조정하여 매출액 증대를 도모하고 있다.

최근 경제가 어려워지고 소비자들의 주머니가 한층 가벼워지면서 알뜰 소비문화가 더욱 확산되고 있다. 이에 기업은 더욱 정교하게 가격을 활용한 마케팅 전략을 펼치고 있다. 이러한 상황 속에서 가격을 활용한 다양한 마케팅 전략의 세부 내용이 무엇인지 정확히 이해하는 것은 알뜰한 소비 생활을 하기 위한 첫걸음이 되어 줄 것이다.

_《재미없는 영화, 끝까지 보는 게 좋을까?》(나무를심는사람들, 2017)

박정호 • • •

　연세대학교 경제학과를 졸업하고 같은 대학교 대학원에서 경제학을, KAIST 대학원에서 경영학을 공부했다. MBC 라디오 〈이진우의 손에 잡히는 경제〉, KBS1 〈아침마당〉, KBS2 〈여유만만〉, EBS 〈TESAT 경제 강의〉 등 다양한 매체에서 쉽고 재미있는 경제 강의를 했다. 지은 책으로는 《경제학자의 인문학 서재》《경제학을 입다 먹다 짓다》《아주 경제적인 하루》 등이 있다.

많이 만들수록 줄어드는 생산비의 비밀
고정비, 변동비, 규모의 경제, 이익률

한진수

오늘은 철수가 노인 복지 센터로 봉사 활동을 가는 날이다. 날씨가 좋지 않아 시간도 절약할 겸 택시를 타고 가기로 했는데 검색 앱으로 알아보니 택시비가 6,000원쯤 나온다고 한다. 학생 형편에는 만만치 않은 금액이다.

이럴 때면 철수의 머리가 어찌나 잘 돌아가는지 함께 갈 친구를 모아야겠다고 생각하기까지 1초도 걸리지 않았다. 둘이서 함께 택시를 타면 1인당 택시비는 3,000원으로 줄어든다. 한 명 더 모아 셋이 타면 각자 2,000원, 네 명이 타면 1,500원씩만 내면 된다. 택시에 타는 사람이 늘어날수록 1인당 택시비는 적게 든다.

택시 요금은 승객 수에 관계없이 동일하다. 그러므로 승객이 늘수록 한 사람이 부담해야 하는 교통비는 줄어든다. 이런 현상을 '규모의 경제'라고 한다. 승객 수, 즉 일행의 규모가 커질수록 경제적이라는 뜻이다. 한편 버스는 택시와 성격이 다르다. 승객 한 사람당 요금을 내야 하므로, 전체 교통비는 승객 수에 비례해 증가한다.

대량 생산으로 생산비를 줄여라

이와 같은 현상은 기업이 재화를 생산할 때도 마찬가지로 나타난다. 기업이 재화를 생산하는 데 드는 비용은 크게 두 가지로 나뉜다. 첫째는 기업이 재화를 몇 개 생산하든지 간에 항상 일정하게 지불해야 하는 고정 비용fixed cost이다. 근로자들에게 지급하는 임금, 공장과 사무실 임대료 등이 이에 해당한다.

한 달에 물건을 5,000개 생산하든 1만 개 생산하든 기업은 매월 종업원에게 약속한 임금을 주어야 하며, 건물 주인에게 임대료를 지급해야 한다. 몇 명이 타든 미터기에 찍힌 만큼만 비용을 내면 되는 택시 교통비와 같다.

둘째는 생산량에 비례해서 늘어나는 변동 비용variable cost이다. 재화 생산에 들어가는 원료나 부품 구입비, 기계를 가동하는 데 드는 전기 요금 등이 변동 비용에 해당한다. 생산량이 늘어날수록 원료 구입비나 전기료는 증가한다. 마치 버스 교통비와 같다.

고정 비용과 변동 비용을 합하면 기업이 재화 생산을 위해 지출하는 총생산 비용이 된다. 그리고 총생산 비용을 생산량으로 나누면 재화 한 개를 생산하는 데 드는 비용을 구할 수 있다. 이때 기업이 재화를 많이 생산할수록 개당 생산비는 감소하는 모습을 보인다. 바로 고정 비용 때문이다. 스파게티 식당의 사례를 가지고 자세히 살펴보자.

학교 앞에 있는 스파게티 식당 주인은 가게 임대료와 인건비로 한 달에 300만 원씩 지출한다. 하루에 10만 원씩 들어가는 셈이다. 이는 고정 비용으로서 하루에 손님이 몇 명 오는지에 관계없이 나가는 돈이다. 그리고 스파게티를 1인분 만드는 데에는 면, 소스, 물 등의 재료비와 조리비로 3,000원의 변동 비용이 든다.

만약 하루에 한 명의 고객만 이 식당을 찾는다면 식당 주인이 스파게티 1인분을 만드는 데 드는 비용은 3,000원이 아니라 무려 10만 3,000원이다. 두 명의 고객이 방문한다면 2인분을 만드는 데 총 10만 6,000원의 비용이 필요하므로 1인분 생산비는 5만 3,000원으로 감소한다. 만약 식당 손님이 세 명이라면 전체 생산 비용은 10만 9,000원이고 스파게티 1인분 생산비는 3만 6,000원이 된다.

이런 식으로 식당 손님이 네 명, 다섯 명 등으로 증가할 때 스파게티 1인분당 생산비는 지속적으로 감소한다. 규모의 경제 현상이 나타나는 것이다. 생산 규모가 커질수록(생산량이 증가할수록) 개당 생산비가 감소해 경제적이 된다.

재화의 가격을 낮춰 주는 규모의 경제

생산량이 많아지면 제품 한 개당 생산비가 감소하므로 기업은 판매 가격을 낮출 수 있다. 스파게티 식당의 경우 하루에 1인분밖에 못 판다고 한다면 손해를 보지 않기 위해 가격을 10만 3,000원 이상으로 정해야 한다.

이처럼 비싼 가격에 스파게티를 먹으려는 소비자는 없을 것이므로 식당은 문을 닫을 수밖에 없다. 하루에 2인분을 팔 경우에는 손해를 보지 않기 위해 식당이 받아야 할 가격은 5만 3,000원으로 낮아지지만 여전히 비싸기 때문에 식당을 찾는 소비자는 거의 없을 것이다.

이제 만약 하루에 스파게티를 20인분 판다고 가정해 보자. 이 경우 전체 생산 비용은 16만 원이고 1인분 생산비는 8,000원이 된다. 여기에 2,000원의 이윤을 더해 스파게티 1인분 가격을 1만 원으로 정할 수 있다. 소비자들이 사 먹을 수 있을 정도의 가격이다. 만약 장사가 잘되어 스파게티 생산량이 늘어난다면 1인분당 생산비는 더욱 낮아질 것이다.

이와 같이 대량 생산은 규모의 경제를 실현할 수 있게 해 기업이 재화의 가격을 낮추도록 해 주고 많은 소비자들이 그 재화를 소비할 수 있도록 해 준다.

라면, 과자, 음료수 등의 신제품이 나오면 기업들은 시장을 차지하기 위해서 치열한 판매 촉진 경쟁을 벌인다. 엄청난 물량의 광고 공세는 기본이고 무료 시식 행사도 자주 연다.

신제품을 개발하느라 많은 돈이 들었을 텐데 왜 또 돈을 쓸까? 제품을 대량으로 생산하는 경우가 소량으로 생산하는 경우에 비해 개당 생산 비용이 더 적게 들기 때문에, 시장을 많이 확보할수록 생산량을 늘려 규모의 경제 효과를 실현할 수 있다. 이윤은 이 과정에서 자연히 따라오게 마련이다.

규모의 경제 현상은 현실 경제에서 여러 가지 중요한 의미를 지닌다. 일반적으로 대기업이 중소기업보다 경쟁에서 유리한 위치를 점하는 것이 대표적인 예이다. 대기업과 중소기업이 동일한 생산 기술을 보유하고 있다면 생산량이 많은 대기업이 생산량이 적은 중소기업에 비해 더 저렴하게 제품을 생산할 수 있다.

그러므로 대기업은 중소기업보다 낮은 가격에 재화를 시장에 공급할 수 있으며 중소기업은 불리한 입장에 놓일 수밖에 없다. 이러한 불리함을 극복하기 위해 중소기업은 대기업과 차별화된 틈새 상품을 생산해야 한다.

상품을 판매하는 경우에도 규모의 경제 현상을 찾아볼 수 있다. 과거에는 식료품을 구입할 때 동네 슈퍼마켓이나 시장에 가곤 했지만 지금은 대형 할인점을 이용하는 일이 보편화되었다. 대형 할인점에서 파는 물건이 더 싸기 때문이다.

어떻게 대형 할인점이 동네 슈퍼마켓에 비해 저렴한 가격에 물건을 팔 수 있는 것일까? 바로 소량을 주문하는 동네 슈퍼마켓보다 한꺼번에 많은 양을 주문하는 대형 할인점 쪽이 보다 낮은 가격으로 물건을 공급받을 수 있기 때문이다.

천 원 숍의 비밀

오래 쓸 것도 아니니까 아무거나 사야지 하는 생각이 들거나 조금이라도 싼 물건을 찾을 때면 사람들이 자주 찾는 매장이 바로, 일명

'천 원 숍'이다. 물론 모든 상품이 1,000원에 판매되는 것은 아니지만 진열 상품의 절반가량이 1,000원에 거래되고 있다.

천 원 숍은 박리다매 전략으로 성공을 거둔 대표적인 사례라고 할 수 있다. 어떻게 이곳은 컵라면 한 개 정도의 저렴한 가격으로 쓸 만한 제품을 팔 수 있을까?

이곳에서는 1,000원, 2,000원, 3,000원, 5,000원처럼 균일가를 원칙으로 한다. 예를 들면 1,200원 같은 가격은 없다. 그러므로 납품가가 1,100원인 제품은 판매가 곤란하다. 납품가를 1,000원 아래로 낮추든지 아니면 아예 고급화하는 쪽으로 방향을 바꿔 2,000원을 받는 전략을 쓴다.

그렇지만 어디까지나 핵심은 원가를 10원이라도 절약하는 데 있다. 이곳의 이익률은 1퍼센트에 불과하다. 1,000원짜리 한 개를 팔면 10원이 남는 구조다. 원가 10원을 절감하는 일에 매달리지 않을 수 없다.

알다시피 천 원 숍의 원조는 일본의 100엔 숍이다. 경제학자 요시모토 요시오는 저서 《스타벅스에서는 그란데를 사라》를 통해 100엔 숍의 원가 절약 방법 열 가지를 공개했는데 이 가운데 몇 가지만 알아보기로 하자.

첫째, 임금이 싼 중국이나 베트남 등지에서 제품을 생산하고 매장 일은 대부분 인건비가 낮은 아르바이트 직원에게 맡긴다.

둘째, 광고를 하지 않는다. 전 제품 균일가 판매이므로 슈퍼마켓이나 백화점처럼 세일 광고를 할 필요가 없다.

셋째, 사이즈를 줄인다. 판매가에 맞춰 용량이나 중량을 줄여 제품을 생산하는 방법으로 원가를 절약한다.

넷째, 매장에 재고가 없으면 추가로 상품을 주문해서 판매하지 않는다. 재고가 없는 상품을 추가로 주문하면 그 몇 개를 운송하는 데 비용이 들기 때문이다.

다섯째, 제조 업체로부터 대량으로 구입하되 팔리지 않는 물건은 반품하지 않는다. 물건을 납품하는 제조 업체로서는 대량으로 주문을 받으므로 규모의 경제를 실현해 저렴하게 생산하고 공급할 수 있다. 또한 반품을 받지 않는 대신에 그만큼 공급 가격을 낮춰 준다.

여섯째, 제조 업체 공장의 유휴 시설을 적극 활용한다. 일반적으로 생산 시설을 24시간 내내 100퍼센트 가동하는 공장은 없다. 거래처에 물건을 납품하고 다음 주문이 들어올 때까지는 한동안 기계를 놀리는 경우가 많다. 그래도 종업원에게는 임금을 지불해야 하고 기계 구입 할부금도 고정 비용이므로 꼬박꼬박 지급해야 한다.

이럴 때 공장이 물건을 생산하면 추가로 들어가는 제조비는 원료비 정도에 불과하다. 사실상 어떤 상품의 생산비 가운데 대부분은 인건비, 시설비, 임대료처럼 매달 고정적으로 들어가는 고정 비용이며, 추가 생산에 필요한 변동 비용은 그리 크지 않은 경우가 많다.

공장 측은 이 한계 비용에다 약간의 이윤을 더해 100엔 숍에 물건

을 공급하는 것으로 이익을 볼 수 있다. 종업원과 기계를 놀리는 것
보다는 약간의 이윤이라도 더 얻는 편이 낫다.

_《청소년을 위한 경제학 에세이》(해냄출판사, 2016)

한진수 •••

　경인교육대학교 사회과교육과 교수이다. 서울대학교 경제학과를 졸업하고, 같은 대학교 대학원에서 경제학 석사, 미국 존스홉킨스대학교에서 경제학 박사 학위를 받았다. 이후 대우경제연구소에서 국내경제 팀장으로 재직하며 한국 경제 분석 및 예측에 힘썼다. 저서로는《17살 경제학 플러스》《17살, 돈의 가치를 알아야 할 나이》《경제학 에센스》《경제학이 필요한 시간》《경제 실험과 경제 교육》등이 있으며, 고등학교《경제》교과서를 집필했다.

야민정음, 발랄한 문자 놀이

박진호

'우리 이니 머통령 커엽다', '박ㄹ혜 보니 괴꺼솟' 등, 젊은이들 사이에서 소위 야민정음이 널리 사용되고 있다. 두 개의 글자 A, B가 모양이 비슷하여 글자 크기가 작을 때 혼동될 수 있는 경우, 옳은 글자 A 대신 B를 쓰는 것이다. 이런 현상에 대해 일부 보수적인 사람들은 '한글 파괴'라거나 '세종 대왕이 격노하여 무덤에서 벌떡 일어나실 일'이라며 부정적으로 평가하기도 한다. 언어나 문자뿐 아니라 문화 현상, 사회 현상 전반에 대해 변화와 혁신을 자유롭게 꿈꾸고 실천하는 사람과 기성의 질서를 지키려는 사람들 사이에 견해 차이가 존재하는 것은 매우 흔한 일이다. 이런 현상에 대해 어떤 태도나 견해를 섣부르게 가지기보다는, 이런 현상이 생기게 된 사회, 문화적 배경을 생각해 보기도 하고, 다른 나라나 다른 시기의 비슷한 사례로 어떠한 것들이 있는지 찾아보기도 하면, 이 현상에 대해 더 깊이 이해할 있게 될 수도 있고, 이 현상을 즐길 수 있게 될 수도 있다.

야민정음과 약간 비슷한 현상이 한글이 창제된 직후에도 있었다. 야민정음의 사례 중 글자의 90도 또는 180도 회전에 바탕을 둔 것들이 있다. '비버~뜨또', '육군~곤뇽' 같은 것이 대표적인 사례이다. 한글이 창제된 직후에 한글로 된 책을 펴내기 위해 한글 활자를 만들었고, 이 활자를 가지고 《석보상절》《월인천강지곡》 같은 책을 찍어 내기도 했다. 활자는 한 페이지를 인쇄하고 나면 활판을 해체하여 활자를 재활용할 수 있다는 것이 큰 장점이다. 그렇지만 한 페이지 안에서 같은 글자가 여러 번 쓰일 수도 있으므로, 자주 쓰이는 글자는 활자를 여러 개 만들어야 한다. 반면에 드물게 쓰이는 글자는 활자를 한두 개만 만들면 된다. 드물게 쓰일 거라고 생각되어 활자를 한 개만 만들었는데, 의외로 한 페이지에서 이 글자가 두 번 이상 나오면 곤란한 상황에 직면하게 된다. 예컨대 '곰'이라는 글자의 활자를 한 개만 만들었는데 한 페이지에 '곰'이 두 번 나온다고 치자. 이때 활판 인쇄를 담당했던 사람이 기지를 발휘하여, 둘 중 한 군데는 '문' 활자를 180도 돌려서 사용한 것이다. '곰' 활자를 새로 한 개 더 주조하는 것보다는 훨씬 더 경제적인 해결책이었다. 오늘날 자금 부족으로 쪼들리는 작은 회사에서 어느 사원이 이런 식의 해결책을 내서 회사 돈을 절약하게 됐다면 사장으로서는 이 사원을 업어 주고 싶을 것이다. '곰'과 '문'의 이런 관계를 이용한 수수께끼도 있다. 산길을 가다가 곰을 만났는데 어떻게 피했을까? 물구나무서기를 해서

곰이 문이 되어 그 문으로 빠져나왔다는 식이다.

'대'와 '머'처럼 글자 모양의 유사성 때문에 생긴 국어학계의 논란도 있다. 《석보상절》 등의 몇몇 문헌에 '귿(첫음절: 기역, 아래아, 디귿)'라는 어형이 몇 번 나오는데 그 형태도 특이하고 의미도 무엇인지 파악하기 어려워서 학자들의 주목의 대상이 되었다. 그런데 최근 어느 젊은 학자가 이 어형이 '귿'가 아니라 '곤가(첫음절: 기역, 오, 니은)'라고 주장하는 논문을 발표하여 주목을 끌었다. 같은 문헌에서 '귿'임이 분명한 다른 글자와 세밀하게 비교한 결과 모양이 다르고 오히려 '곤'과 비슷하다는 것이다. '곤가'라고 해도 이 어형이 어떻게 해서 형성된 것인지 분명치 않은 부분이 있기는 하지만, '귿'라고 보았을 때에 비해서는 수수께끼가 일부 해결되었기 때문에, 학계에서 호평을 받았다. 국어학자들 사이에서 일어난 중세 국어 야민정음 논쟁이라고 할 만하다.

한글에 비해 글자가 훨씬 더 많은 한자의 세계로 들어가 보면, 야민정음과 비슷한 발상법에 바탕을 둔 글자 사이의 혼동과 통용이 엄청나게 많다. 재방변(扌)과 나무목변(木)은 획 하나 차이인데 목판에 새겨 놓으면 모양이 더 비슷하여 이 둘이 왔다 갔다 하는 일은 고문헌에서 부지기수이다. '巳(뱀 사)', '已(이미 이)', '己(몸 기)'도 획이 붙고 안 붙고의 미세한 차이가 있을 뿐이어서 흔하게 통용된다. 자형상으로는 구분이 안 되지만 문맥을 보면 어느 글자인지 쉽게 알 수 있기 때문에 큰 혼동은 야기되지 않는다.

위의 예는 의도적인 것은 아니고 자형상의 미세한 차이 때문에 자

연스럽게 발생한 현상인데, 한자들 사이의 관계를 의도적으로 이용하여 비틀어서 사용한 재미있는 사례들도 매우 많다. 일본에서 특히 이런 현상이 발달하여 '戲れ書き(다와무레가키)'라고 부르기도 한다. '만엽집' 같은 데서 특히 많이 사용되었다. 숫자 99를 나타내기 위해 '白(흰 백)' 자를 쓰는 것이 유명한 예이다. '百(일백 백)'에서 획 하나를 뺐으니 99가 된다는 논리이다. 고전 일본어에서 "(밖으로) 나가"를 의미하는 동사 활용형 'イデ(이데)'를 표기하기 위해서는 한자 '出'을 쓰는 것이 보통인데, 이때 '出' 자 대신 '山上復有山'이라고 쓴 사례가 있다. '出' 자의 모양을 분석해 보면 '山' 자 위에 또 '山' 자가 있다는 사실을 이용하여 이렇게 표현한 것이다. 한자와 일본어 사이의 대응 관계를 교묘하게 이용한 사례들도 있다. 고전 일본어의 조사 중 'かも(카모)'라는 것이 있는데 '오리'를 의미하는 명사 'かも'와 동음이의어이다. 그런데 조사 'かも'를 써야 할 자리에 '鴨'이나 '青頭鶏'라고 쓴 경우가 있다. '鴨'이나 '青頭鶏'는 오리를 가리키는데 오리를 의미하는 일본어 단어가 'かも'이고 이 단어와 조사 'かも'가 동음이의어라는 식으로 몇 번의 추리를 거치면 필자가 의도한 단어에 도달하게 된다. 일본인들은 이런 식의 언어유희, 문자 유희를 매우 즐겼던 듯하다. 이런 유희가 일본 문화를 더 풍성하게 하고 더 매력적이게끔 만들었다는 데 많은 사람들이 동의한다.

그러고 보면 요즘 한국 젊은이들 사이에 유행하는 야민정음 같은 것도 우리 문화를 더 다채롭고 발랄하게 해 주는 고마운 현상이라고 할 만하다. 세종이 한글을 만들 때 야민정음 식의 사용을 염두에 두었을 것 같지는 않으나, 그렇다고 해서 야민정음을 보고 꼭 분노했을 것 같지도 않다. "아니, 내가 생각지도 못했던 이런 방식으로 한글을 쓰다니. 요즘 녀석들 아이디어가 톡톡 튀는데." 하며 껄껄 웃으실지도 모르겠다. 세종이 야민정음에 대해 마음 불편하게 여긴다고 해도 뭐 어떤가? 모든 문화적 창조물은 창조자의 손을 떠나면 창조자의 의도와 다르게 사용되고 향유되는 것이 당연하고 자연스럽다. 그 창조물의 용도를 창조자의 생각의 한계에 가둬 둘 이유가 있겠는가? 게다가 젊은이들은 야민정음을 사용함으로써 얻는 게 많다. 기성세대 꼰대들이 무슨 뜻인지 이해하지 못하니 꼰대의 간섭을 받지 않고 자기들끼리 키득거리며 즐겁게 의사소통할 수 있는 것이다. 부러우면 지는 거고, 아니꼬우면 출세하라고 했다. 젊은이들끼리 이러는 게 배 아프면, 꼰대들끼리도 그런 발랄한 소통 수단을 만들면 된다. 나이와 계층을 넘어서 한글이 자유롭고 발랄하게 활용되고 변형되어 의사소통의 새로운 지평을 열어 가기를 바란다.

_〈서울대저널〉(2017.09.04)

박진호 •••

서울대학교 국어 국문학과에서 학사·석사·박사 학위를 받고 한양
대학교를 거쳐 2009년부터 서울대학교 국어 국문학과 교수로 재직하
고 있다. 한국어 문법론이 주전공으로서, 일본어·중국어 등의 이웃 언
어는 물론 세계의 많은 언어들과의 비교를 통해 한국어의 문법적 특질
을 밝히는 데 연구의 주안점을 두고 있다. 고려 시대 구결 자료를 바탕
으로 한 한국어 문법사 연구, 한국어 정보 처리 등에도 관심을 두고 있
다. 공저로《한국어 통사론의 현상과 이론》《민음 한국사: 15세기, 조선
의 때 이른 절정》등이 있다.

소금 없인 못 살아, 정말 못 살아

장인용

사람의 몸은, 단순하게 말하자면 소금물 주머니다. 몸의 90퍼센트가 넘게 소금물을 가두고 있기 때문이다. 동물은 태생이 바다라는 사실을 몸속에 간직하고 있으며, 그 분명한 증거가 바로 우리 몸속 소금기다.

소금은 나트륨 원자 하나가 염소 원자 하나와 결합한 분자들의 결정체에 지나지 않고, 사람에게 필요한 양도 그다지 많지 않아서 하루에 3그램이면 충분하지만, 우리 몸에 들어가면 각기 나트륨이온과 염화이온으로 나뉘어 수많은 생리 대사 작용에 관여한다. 그것이 없으면 우리는 생리 대사 작용이 일어나지 않아 심장이 뛰지 않으니 살아갈 수가 없다.

사람뿐만 아니라 모든 동물도 소금 없이는 살아갈 수 없다. 육식 동물은 먹이에 있는 염분을 통해 충분한 소금을 섭취할 수 있지만 초식 동물은 풀과 나뭇잎의 염분만으로는 부족하기 때문에 몸에서 땀이나 오줌으로 소금이 빠져나가지 않도록 조심한다. 그래도 야생 상태의 초식 동물은 염분이 들어 있는 흙을 먹거나 해서 부족한 염분을 보충하기도 한다. 하지만 유목민이 기르는 동물이나 가축은 이런 기회를 박탈당하기 때문에 주인이 소금기를 먹여야 온전히 자랄 수 있다,

인간은 다른 동물에 비해 소금을 쉽게 낭비한다. 그리고 소금을 인공적으로 만들어 먹는 동물은 사람밖에 없다. 소금을 만들어 먹는다는 것은 이미 문명의 상징이다. 이 문명의 결과로 사람의 경우에는 물과 소금의 배출량이 다른 동물에 비해 극심한 편이다. 사람의 오줌과 땀에는 많은 소금이 녹은 채로 배출되지만, 염분과 물의 섭취가 쉽지 않은 동물은 밖으로 배출되는 양을 최소화하거나 회수하여 소금의 배출을 막는다.

물 따라 길 따라 이어진 소금길

많은 동물이 소금을 아끼기 위해 아예 땀을 흘리지 않고 오줌도 아주 적게 누도록 진화해 왔다. 하지만 사람은 언제나 물을 마셔야 하고, 오줌과 땀으로 아낌없이 소금기를 배출하기 때문에 소금도 항상 보충해 주어야 한다. 사람이 채집과 수렵으로 살아갈 때에는 고기를 먹으므로 물만 보충하면 살아갈 수 있었지만, 농사를 짓기 시작한 다음부터는 곡식에 있는 염분이 지극히 적기에 소금의 확보가

심각한 과제였다.

사실 소금처럼 구하기 쉬운 것도 없다. 요즘은 식료품 가게에 가면 몇 푼 되지 않는 돈으로 쉽게 살 수 있다. 바닷가에 산다면 소금이 귀한 물건일 수는 없을 것이다. 더운 여름에는 그릇에 바닷물만 떠 놓아도 물기가 증발하고 소금만 남는다. 영국이 인도에서 소금법을 제정하자 간디는 바다로 걸어가 바닷물에 몸을 담그고 나오는 것만으로 소금을 만들어 냈다. 하지만 바다에서 멀리 떨어져 있는 사람들에게는 소금이 그야말로 귀중한 필수품이 되고 만다.

내륙에도 소금물이 나오는 소금 우물鹽井이나 염호鹽湖, 또는 바다가 육지에 갇혀 말라붙어 생긴 소금 광산이 있을 수는 있지만 그 수효가 많지 않기 때문에 소금 확보는 필수적이었다. 개개인에게는 얼마 되지 않는 소금이지만 가족 단위, 마을 단위로 커지면 소금 수요량은 훨씬 증가한다. 교통이 발달하지 않은 곳이라면 소금은 이루 말할 수 없을 만큼 귀중했다. 소금은 생각보다 부피가 크고 무거운 짐이다. 수요를 맞추기에 가장 좋은 방법은 강을 통해 배로 운반하는 것이다. 물길도 닿지 않는 곳에는 짐승을 이용해 나르거나 등짐을 지는 수밖에 없었다.

우리나라는 삼면이 바다이고 비교적 수운도 발달했기에 소금에 대한 갈증이 그리 크지 않았던 것 같다. 하지만 소금이 중요하다는 것은 마찬가지여서 주로 일조량이 많고 개펄이 넓은 서남부 해안 염전에서 천일염을 생산해 배로 실어 날랐다. 서해안을 따라 소금을 실은 배가 와서 한양에 물건을 부리는 곳이 마포 어귀였다. 소금 가게들이 즐비한 염리동, 소금 창고가 있던 염창동은 그 무렵 소금의 동선을 이야기해 준다. 여기서 남한강과 북한강의 한강 수운을 따라 내륙 지방으로 소금이 퍼져 나갔다. 물론 뱃길이 닿지 않는 곳은 소금 장수의 등짐에 기대어 산간벽지까지 이어졌다.

소금에도 세금이

소금은 곡식과 함께 사람에게 꼭 필요한 필수품이라는 점 때문에 위정자들의 눈에 띄는 물건이었다. 생존에 필수적인 데다가 곡식보다 가볍고 양도 많지 않으며 생산을 통제할 수 있다. 그래서 소금에 세금을 매기는 방식은 동서양을 가리지 않고 행해졌다.

로마에도 소금세가 있었다. 봉급을 뜻하는 영어의 '샐러리salary'라는 말은 소금을 뜻하는 라틴어 '살라리움salarium'에서 나왔다고 한다. 소금으로 군인의 급료를 지급한 데에 유래가 있다고 하는데, 아무래도 로마에서는 생필품인 소금을 시민에게 배급제로 나눠 주었던 것 같다.

소금을 세정에 이용한 것은 중국이었다. 중국은 한나라 때부터 소금의 전매업을 실시해 주요 세수로 삼았다. 유가의 관료들과 학자들이 강하게 반대해 전매업이 느슨해진 적은 있었지만, 넓은 땅에서 소금만큼 손쉽게 세수를 올릴 방법이 마땅치 않으니 소금의 유통뿐만 아니라 생산까지도 적극적으로 국가에서 관리했다.

우리나라의 경우를 보면 소금의 전매가 쉬운 일이 아니었다. 삼면이 바다인 데다가 내륙의 물길도 발달했고 땅의 폭도 그리 크지 않았으며 소금을 운반하기 어려울 만치 후미진 내륙 산간 지방이라고는 그다지 흔치 않았기 때문이다. 고려 초기에는 호족들이 염전을 독차지하고 부를 쌓는 수단으로 삼았지만 국가의 전매로까지 이어지지는 않았다. 몽골의 침략을 받아 재정이 빈곤해지자 충선왕 시절에는 소금의 전매업이 한때 시행되기도 하였지만 그다지 큰 효과를 보았던 것 같지는 않다.

게다가 우리나라의 서남부 해안은 개펄이 발달하고 일조량이 충분해 소금 생산에 최적지였고 수운이 발달해 사염*의 제조와 판매가 워낙 쉬웠던 탓에, 소금의 전매가 장기간 시행된 기록은 없다.

여하튼 산간벽지를 제외하고는 소금이 귀한 나라가 아니었던 것 같다. 그래서 소금을 이용해 갖가지 장을 담그는 법과 김치나 젓갈처럼 염장법을 이용한 식품이 다양하게 나타날 수 있었다.

생명의 근원에서 맛의 근원으로

소금의 사용이 농경 시대의 산물이라면 어쨌거나 문명의 발생과 관련되었다는 사실은 틀림없다. 하지만 소금에는 생리적 작용 이외에도 거부할 수 없는 매력이 있다. 소금을 생리적 필수품으로 여긴다면 소금은 한 사람당 1년에 1킬로그램의 소금이면 충분하지만 실제로는 그것의 몇 배가 넘는 소금을 소비한다. 이렇게 많은 소금을 사용하는 까닭은 소금이 지닌 짠맛의 매력에 있다. 진화의 과정이

---

* 사염(私鹽): 소금이 전매품이었을 때 개인이 허가 없이 파는 소금.

몸에 필요한 소금을 섭취하도록 짠맛에 대한 욕구를 입맛에 심어 놓았겠지만, 이제는 이를 훨씬 뛰어넘어 짠맛 자체의 매력에 흠뻑 빠진 것이다.

극단적인 예를 들자면, 사람이 살지 않는 곳에 조난당해 홀로 남게 된 사람이 짐승을 잡아먹어 고기에 들어 있는 염분과 영양으로 연명했다면 영양상으로는 큰 문제가 없을 수 있다. 그렇지만 그가 다시 문명으로 돌아온다면 그냥 고기가 아닌 소금을 친 것을 먹을 게 분명하다. 그 맛이 야생의 고기와는 확연히 다른 것이다.

소금을 찾는 것은 본능이겠지만 소금은 이처럼 음식 본연의 맛과 어울려 맛을 향상시키는 놀라운 작용을 한다. 고기뿐만 아니라 곡식, 채소 등 어떤 재료와도 어울려 우리 입맛을 유혹한다. 또 그냥 찍어 먹으면 너무 짜고 쓰기까지 하지만 다른 맛과 어울리면 기가 막힌 맛을 내는 것이 바로 소금이다. 실제로 우리가 먹는 음식 가운데 소금이 들어가지 않는 음식은 거의 없다. 술, 차, 커피, 과일과 같은 기호품을 빼고는 거의 모든 음식에 소금을 넣는다. 심지어는 여름에 토마토나 수박을 먹을 때에도 소금을 뿌려 먹는다.

김치를 담글 때도 우선 소금에 절여야 한다. 김치를 짠지라고 부른 이유가 여기에 있다. 소금에 절인 푸성귀는 자체적으로 유산 발효를 하여 신맛을 지닌 김치가 된다. 우리 밥상에 오르는 나물도 소금기 없이 싱겁다면 반찬으로는 낙제점을 받을 것이다.

생선이나 고기는 더 말할 필요가 없다. 구워 먹을 때에는 소금을 뿌려야만 제맛이 난다. 생선과 고기의 본디 맛에다 소금이 어우러져 한층 더 고급스러운 맛으로 변모하는 것이다. 고기를 가장 싱겁게 먹는 방법인 수육조차도, 비록 삶을 때에는 간을 하지 않더라도 김치나 새우젓, 또는 된장 같은 짠맛과 함께하지 않으면 먹기 어려울 것이다.

밥에는 소금을 쓰지 않지만 그것은 소금기 있는 반찬과 함께 먹기 때문이다. 오곡밥을 지을 때는 소금을 약간 넣어 짭짜름하게 한다. 반찬과 함께 먹기는 하지만 오곡밥은 자체로의 맛을 즐기는 것이기에 그렇다. 맨밥은 먹기 어려워도 소금기가 조금 있는 주먹밥은 그런 대로 먹을 만하다.

단독으로 먹는 떡을 만들 때에는 조금이나마 소금으로 밑간을 하게 마련이다. 미량의 소금 간은 단맛을 더욱 돋보이게 한다. 백설기를 만들 때 소금을 넣지 않는다면 설탕을 많이 넣어도 단맛이 살아나지 않는다. 짠맛 자체는 모든 식품의 맛을 살리고 단맛, 신맛, 매운맛 등 모든 맛과 잘 어울리는 맛이다.

손님 가신다, 소금 뿌려라!

소금의 용도는 단지 몸에 꼭 필요한 이온을 공급하고 짠맛을 보태는 데에서 그치지 않는다. 식품의 보존에도 커다란 역할을 한다. 생선을 소금에 절인 젓갈은 보존 기한이 엄청나게 길어진다. 소금이 음식을 썩게 하는 미생물의 발생을 막기 때문이다.

생선에 소금을 뿌려 보존한 굴비와 간고등어는 내륙 사람들에게도 생선 맛을 볼 수 있게 했다. 냉장 시설이 없던 옛날에는 고기의 보존에도 소금이 귀중한 존재였다. 소금과 숯의 연기를 통한 훈제는 고기의 보존 기한을 한층 늘어나게 했다. 지금은 흔하지 않지만 동북아 지역에는 고기를 염장한 육젓도 있었다.

우리나라는 소금이 풍부했고 고기와 생선, 콩이 있었기에 세계적으로 흔치 않은, 여러 장이 함께 존재한 지역이다. 장류는 보통 단백질을 기본으로 하기에 육장, 두장, 어장으로 나눌 수 있다. 지금은 흔치 않지만 우리에게는 동북아의 전통에 따라 육장도 있었으며, 콩의 원산지인 만주 덕분에 두장인 된장과 간장을 담갔으며, 서·남해안의 풍부한 물고기 덕분에 어장도 존재했다. 그뿐 아니라 다양한 젓갈도 있었기에 나중에 풍성한 김치가 탄생할 수 있었다.

채소의 보존에도 소금은 큰 역할을 한다. 온대 지방의 사람에게 추운 겨울 채소의 부족은 비타민 결핍을 불러오는 중대한 문제였다. 옛날 사람들도, 비타민의 존재는 몰라도 채소를 먹지 않아서 오는 몸의 이상은 알고 있었다. 그랬기에 채소를 염장해 겨울철에 적절한 비타민을 공급했다. 김치로 대변되는 염장 채소들은 그 형식과 내용이 제각기 다르지만 거의 모든 온대 지방에서 발견되는 겨울철 보존법이다. 게다가 사람에게 유용한 젖산균 같은 미생물이 이 음식들을 더욱 풍요롭게 했다.

고대의 사람들이 미생물까지는 몰랐더라도 이 대단한 소금의 작용은 잘 알고 있었다. 소금의 보존 효과는 종교에 이르기까지 대단한 역할을 한다. 서양의 성서에서는 '빛과 소금'이라는, 세상에서 가장 귀중한 것을 지칭하는 현란한 용어로까지 발전한다.

우리에게도 소금의 정화 기능은 신앙과 같은 존재였다. 무당의 굿에서도 쌀과 소금이 등장하고, 오줌을 싼 아이들에게는 키를 씌우고 이웃집에서 소금을 얻게 했다. 재수 없는 손님이 왔다가 가면 가게에서는 소금을 뿌려 액운을 쫓는다. 이런 소금의 신앙은 지금까지도 이어진다. 사우나에서 소금으로 양치질하고 소금을 온몸에 문지르며 건강한 삶을 간구하는 것이다.

소금의 불순물이 두부를 만들다

소금처럼 우리 몸에서나, 맛에서나, 식량의 보존에서나 중요한 역할을 한 것은 없다. 하지만 이 짠맛의 강렬한 유혹은 건강을 해치는 적으로 인식되고 있다. 소금의 과잉 섭취가 심장병을 비롯해 많은 병을 유발한다는 것이다. 짠맛의 중독성이 강하기 때문에, 소득 수준이 올라가고 잘 먹을수록 대체로 짜게 먹는 경향이 있다. 과거 유럽의 오스트리아 같은 곳에서는 짜고 단 음식이 부의 상징이기도 했다. 내륙은 소금이 비싸고 귀하기에 부유층만이 누리는 특권이었기 때문이다. 설탕이나 꿀도 그러했다.

소금의 중요성을 알기에 값비싼 소금도 등장한다. 어떤 죽염은 거의 약값처럼 비싸다. 하지만 이는 소금 정제의 한 단면일 뿐이다. 바닷물로 만든 천일염에는 마그네슘을 비롯한 여러 불순물이 섞여 있다. 이 불순물이 소금에서 쓴맛이 나게 하기 때문에, 불에 굽거나 다시 녹여 불순물을 침전시키는 등 정제 과정을 거치는 것이다. 하지만 어느 정도 섞인 불순물은 오히려 우리 몸에 미량의 미네랄을 공급해 주는 역할을 한다. 다시 말해서 지나치게 정제하기 위해 애쓸 필요는 없다는 뜻이다.

정제 과정이란 그다지 어려운 게 아니다. 염전에서 생산한 천일염을 쌓아 두기만 해도 공기 중의 수분과 결합하는 과정에서 불순물이 녹아 나온다. 이를 간수라고 하는데 염화 마그네슘, 황산 마그네슘, 염화 칼륨과 같은 것들이 그 성분이다. 이 간수는 아무 쓸모가 없는 것 같지만 콩을 갈아 끓인 두유와 반응해 단백질을 응고시키는 역할을 한다. 소금을 만드는 과정에서 녹아 나오는 불순물이 다시 새로운 식품, 두부의 탄생에 이바지하는 것이다. 또한 간수를 밀가루 반죽에 섞으면 훨씬 쫄깃한 국수를 뽑을 수 있다.

소금은 그 자체로도 우리에게 꼭 필요한 필수품이고, 맛에서도 가장 기본이 되는 소중한 것이며, 그 부산물조차 우리 입맛을 즐겁게 한다. 바다를 보면 가슴 뭉클한 감흥을 느끼듯 우리 몸과 마음과 맛까지도 바다를 떠날 수 없다. 그것을 알려 주는 것이 바로 이 소금이다.

— 《식전: 팬더곰의 밥상견문록》(뿌리와이파리, 2010)

장인용 •••

　성균관대학교 중어 중문학과를 나와 국립대만대학교 역사 연구소에
서 중국 미술사를 공부하고, 결국 정작 직업으로 택한 것은 책을 만드
는 '출판쟁이'이다. 한때는 지호출판사를 설립해 여러 분야의 교양서
를 출간했다. 쓴 책으로는 《과학을 보여드립니다》《동양화는 왜 문인화
가 되었을까》《세상을 바꾼 씨앗》 등이 있고, 옮긴 책으로는 《중국 미술
사》《원세개》《그림으로 읽는 중국 신화》 등이 있다.

시간과 산업
시계는 어떻게 달력을 이겼을까?

안광복

옛사람들은 시계를 그다지 쓰지 않았다. 시간을 정확하게 잴 방법도 없었을뿐더러 그럴 필요도 없었기 때문이다. 반면, 달력은 아주 요긴하게 쓰였다. 무엇보다 달력은 농부들이 언제 씨를 뿌리고 물길을 내야 하는지를 가늠하는 데 사용됐다. 그렇다면 시계는 언제부터 달력만큼 중요해졌을까? 공장에서는 시계가 달력보다 중요하다. 달력과 시계를 통해 농업 사회와 공업 문명의 차이를 알아보자.

옛사람들은 왜 시계에 관심이 없었을까?

20세기 초만 해도 시계는 아주 귀한 물건이었다. 시계 하나가 기와집 한 채 절반 값이었단다. 대부분 사람들은 시계 보는 방법도 몰랐다. 심지어, "큰 바늘이 6을 가리키고 작은 바늘이 9를 가리키면, 이는 몇 시 몇 분인가?"라는 물음이 입학시험에 줄곧 나오기도 했다.

사실 시계는 조선 시대에 이미 이 땅에 들어왔다. 그러나 우리 조상들에게 시계는 호기심을 끄는 장난감에 지나지 않았다. '때 되면 스스로 울리는 종', 즉 자명종自鳴鐘이었을 뿐이다. 대부분 사람들은 시계에 별 관심이 없었다. 왜냐고? 별 필요가 없었던 까닭이다. 대부분은 '동창東窓이 밝아 올 때' 깨어나 농사짓고 해 떨어지면 일 그치는 식으로 살았다. 날 밝을 때 일하면 되지, 농사일을 꼭 7시에 시작해서 5시에 끝내야 할 이유가 뭐 있었겠는가.

사람들에게 정말 중요했던 것은 달력이었다. 달력이란 말 뜻 그대로 하자면 '달의 기록'이다. 달이 한 번 찼다 기우는 데는 29일에서 30일 남짓 걸린다. 달은 제멋대로 모양을 바꾸지 않는다. 항상 똑같은 간격으로 모양이 바뀌기에, 시간을 재는 데는 달만 한 것이 없었다.

1년은 왜 열두 달이 되었을까? 식물이 자라고 시드는 리듬이 열두 달 간격으로 이루어지기 때문이다. 농사짓고 가축을 기르려면 자연의 흐름을 잘 따라야 한다. 추워지는 10월에 볍씨를 뿌렸다가는 낭패를 볼 테다. 1년이 열두 달로, 한 달이 30일로 굳어진 데는 자연의 흐름을 따라가려는 마음이 담겨 있다.

단오는 모내기 마감일?

조상들은 시각에는 별 관심이 없었지만 달에는 무척 민감했다. 약속 시간에 한두 시간 일찍 오거나 늦는 것은 별 문제가 안 됐다. 그러나 달력에 적힌 절기節氣를 놓쳤다가는 큰 낭패를 볼 터였다. 우리나라의 절기는 달의 움직임, 음력에 따라 엄격하게 정해져 있다. 1월 1일은 설날, 3월 3일은 삼진날, 5월 5일은 단오, 7월 7일은 칠석, 8월 15일은 추석인 식이다.

절기는 그냥 정해지지 않았다. 5월 5일 단오端午를 예로 들어 보자. 음력 5월이면 초여름이다. 무더운 여름이 오기 전, 이때쯤이면 모내기가 끝나 있어야 한다. 단오는 '모내기 마감일'이었던 셈이다. 일을 마치면 숨 돌릴 틈도 있어야 하는 법, 고된 논일을 정리한 농부들은 씨름 대회를 열고 술도 한 순배 돌렸다. 여인네들은 때마침 물오른 창포를 삶아 그 물에 머리를 감으며 하루를 즐겼다.

음력 7월 7일, 칠석七夕은 또 어떤가. 이날은 단지 견우와 직녀가 사랑을 나누는 날이 아니다. 음력 7월은 겨우내 자란 밀과 보리를 수확하는 철이다. 새로 난 곡식으로 칠석제七夕製를 지내며 소원을 빌었다. 밀을 거두는 철이니 밀개떡이나 밀전병을 부쳐 먹는 풍습이 당연해 보인다.

음력 7월 15일인 백중伯仲은 '머슴 생일'로도 불렸다. 더위가 한풀 꺾이는 시기, 한여름 내내 이어진 김매기가 얼추 이날쯤 끝을 맺는다. 땅 주인들은 머슴들에게 돈을 주고 하루를 쉬게 했다. 뒤집어 보면, 백중 전까지 일꾼들은 죽을 둥 살 둥 잡초를 뽑아야 한다는 뜻이 되겠다.

이처럼 절기는 '농사 진도표'의 구실을 했다. 명절이란 꼭 일을 마쳐야 할 시기와 긴장을 풀어 주는 축제날을 의미했다. 달력은 농사일의 리듬을 잡아 주었다. 옛 조상들이 '백중 전 사흘', '단오 뒤 아흐레' 하는 식으로 약속을 잡고 계획을 세웠던 이유다.

철 없는 과일들, 달력을 이기는 시계의 힘

그러나 시계는 점차 달력을 이기기 시작했다. 시계는 공업 발전과 함께 중요해졌다. 농사일은 욕심대로 되지 않는다. 아무리 기후가 좋고 열심히 땅을 가꾸었다 해도, 수확하는 작물의 양은 어느 정도를 넘을 수 없다. 곡식과 열매는 대부분 1년에 한 번만 거둘 수 있기 때문이다. 설사 몇 배의 결실을 얻었다 해도, 난감하기만 할 터였다. 모아 두거나 내다 파는 데도 한계가 있었으니, 넘쳐 나는 농산물은 대부분 썩어 쓰레기가 되어 버렸다.

하지만 공업은 다르다. 공장은 노력하는 만큼 더 큰 이익을 가져다준다. 공장을 돌리는 데 계절은 큰 문제가 되지 않는다. 여름이건 겨울이건 공장은 언제나 돌아간다. 기계는 식물처럼 자라고 쉴 틈을 줄 필요가 없다. 시간은 정말 돈이 되었다. 공장을 한 시간 더 돌리고 덜 돌리는 데 따라 생산량의 차이는 엄청나니까 말이다.

사람들은 점점 더 시간에 민감해졌다. 도시 곳곳에는 높다랗게 시계가 걸린 탑이 등장했다. 나아가 공장을 돌리는 데는 많은 자원이 필요했다. 여기에서도 계절보다는 시간이 훨씬 더 중요했다. 석탄이 부족한데 봄이나 가을을 기다릴 필요는 없다. 필요하면 시간을 들여 자원을 캐면 된다. 자원을 얼마나 적절한 시점에 공장까지 가져오는

지가 문제될 뿐이었다.

공업의 덩치는 나날이 커져 갔다. 필요한 원료 가운데는 고무나 사탕수수 등 농업과 임업을 통해 얻는 것들이 많다. 더욱더 많은 재료가 필요했던 공업은 이제 달력의 리듬을 깨기 시작한다. 자연에게서 먹고살 만큼만 수확을 하던 때는 지나갔다. 이제는 자연을 닦달하여 받을 수 있는 것을 모두 빼앗아 내는 시대가 되었다.

공장은 농촌이 원료를 대어 주기를 원한다. 지금 대부분의 농촌들은 자신들이 먹기 위해 농사를 짓지 않는다. 돈이 될 작물을 기를 뿐이다. 지금의 농촌은 공장과 똑같은 논리로 돌아간다. 이른바 공장식 농장의 등장이다.

공장의 생산 규모가 늘어날수록 이익도 커진다. 공장은 농장도 그렇게 되기를 원했다. 남아메리카에서는 커피를 얻기 위해 밀림 전체를 태우고 커피나무만 심는 일이 흔하다. 석유 대신 쓰일 에탄올을 얻기 위해, 밭을 뒤엎어 온통 사탕수수만 기른다. 계절은 어쩌지 못하니, 농작물을 얻을 땅을 크게 늘려 버리는 식이다.

이제는 필요하면 계절도 무시해 버린다. 지금의 과일에는 제철이 없다. 대부분 비닐하우스에서 길러지는 까닭이다. 석유를 때고 전기를 써서 공장을 돌리듯, 농산물도 석유와 전기로 난방을 해서 '만들어 낸다'.

그럴수록 시간은 달력보다 훨씬 중요해진다. 적당한 '시간'에 맞추어 공장과 시장에 작물을 대 주어야 하는 까닭이다. 예전 농부들은 절기를 살펴서 자연 변화의 눈치를 보며 살아갔다. 지금의 농부들은 공장의 생산 리듬에 더 신경 쓴다. 필요하면 경작지를 늘리고 비닐하우스 등을 만든다. 한마디로 자연에게 으름장을 놓으며 농사 짓는 셈이다. 그러면 자연은 인간의 횡포에 과연 어깃장을 놓지 않을까? 자연이 화를 내면 어떤 일이 벌어질까?

시간이 돈? 하늘이 무섭지 않으냐!

옛 조상들은 걱정 담긴 눈으로 밤하늘을 살폈다. 동양이나 서양이나, 별의 움직임으로 운명을 가늠하는 점성술은 큰 관심을 끌었다. 미신인 듯 보여도, 별에 대한 관심은 아주 자연스러운 일이다. 우주에 심상찮은 기운이 돌면, 기온이나 바람도 바뀌지 않겠는가.

먹고살기 위해 인간은 자연의 변화를 끊임없이 살펴야 했다. 순리順理에 따르는 자세는 자연의 리듬과 동떨어져 있지 않았다. 자연이 흘러가는 대로 살아야 '배부르고 등 따습게' 살 수 있지 않겠는가. 자연에 맞서려 했다가는 낭패를 보고 말 테다.

자연의 변화를 잘 읽는 사람은 좋은 대접을 받았다. 농촌에서 노인들은 경험 많은 농부들이다. 그분들은 '농사 자문' 같은 역할을 했다. 오랜 경험으로 자연이 어떻게 바뀔지, 바뀌면 어떻게 해야 할지를 잘 알기 때문이다. "기미년 가을처럼 큰비가 들면, 다음 해 벌레가 많아지는 법이란다." 시골 노인들은 이런 식의 충고를 입에 달고 살았다.

'철이 든 사람'이란 계절의 변화를 마음에 새기는 사람이다. 제아무리 욕심부려도, 인간이 계절을 바꿀 수는 없다. 그러니 욕심을 줄이고 자연에 맞추어 삶을 살아야 했다. 하지만 현대에는 '철없는 인간'이 대접받는다. 욕심이 큰 이들은 되레 '야망이 남다른' 인물로 여겨진다. 환경이 여의치 않으면 바꿔 버리면 된다는 식이다. 땅이 없으면 산을 깎고 바다를 메우면 된다는 태도다. 그래서 지구는 어떻게 바뀌어 버렸을까?

자연의 복수는 집요하고 무섭다. 쇠고기 소비가 늘어남에 따라 많아진 소 떼는 사막의 크기를 늘려 놓았다. 소들이 풀이 자랄 틈도 주지 않고 뿌리까지 파먹은 까닭이다. 사탕수수나 커피를 기르기 위해 밀림을 없애 버린 탓에 지구는 점점 더워진다. '철 없는 과일'을 만들기 위해 석유나 석탄은 더 빨리 사라지고 있다. 지구가 더워지면서 홍수나 가뭄도 잦아졌다. 이 모두는 자연의 리듬을 담은 달력대로만 살면 겪지 않을 위협들이다.

중국에서는 황제를 '하늘의 아들', 천자天子라고 했다. 아들이 잘못하면 아버지는 화를 내기 마련이다. 자연 변화가 심상치 않으면, 황제는 '아버지' 하늘에게 뭔가 잘못을 한 게 아닌지 하여 전전긍긍했다. 우리의 임금들도 심하게 가물거나 홍수가 들면, 자신이 덕이 없음을 심하게 반성했다. 그만큼 나라를 다스릴 때 자연을 배려하고 신경 썼다는 의미다. 일상에서도 마찬가지다. 지금도 '하늘이 무섭지 않으냐'는 표현은 큰 잘못을 한 이들에게 호통치는 말로 쓰인다. 때로는 '철 좀 들어라'며 훈계를 늘어놓기도 한다.

하늘을 살피는 마음은 자연을 살피는 마음이다. 자연의 계절, 철을 아는 인간은 무리를 하지 않는다. 그래서 세상을 온전하게 한다.

하지만 철을 모르는 인간은 욕심껏 제멋대로 살며 세상을 어지럽게
한다. 지금 인류에게 필요한 것은 '철이 든 마음'이다. '시간은 돈'이
라며 째깍거리는 시계는 우리 마음을 조급하게 한다. 그러나 자연은
결코 시계처럼 눈금으로만 돌아가지 않는다. 자연의 리듬을 담고 있
는 달력의 의미를 곰곰이 곱씹어 볼 일이다.

— 《지식의 사슬: 지리 시간에 철학하기》(웅진씽크빅, 2010)

안광복 · · ·

서강대학교 철학과에서 '소크라테스 대화법 연구'로 박사 학위를 받았다. 1996년부터 중동고등학교 철학 교사로 학생들에게 철학과 논술을 지도해 왔다. 일상에서 철학하는 즐거움을 전해 주려 애쓰는 인문학 필자이기도 하다. 지은 책으로는, 아마추어 철학자로 살아가는 방법을 소개한《철학의 진리나무》, 철학적 상담에 필요한 지식과 경험을 정리한《인생고수》《열일곱 살의 인생론》, 철학 사상을 역사에 엮어 풀어낸《철학, 역사를 만나다》 등이 있다.

신대륙의 숨은 보물, 고추 이야기

홍익희

한국인의 대표적인 음식이라고 한다면 단연 김치를 꼽을 수 있습니다. 특히 겨울철에 먹을 김치를 위해 온 가족과 친척들이 둘러앉아 김장을 하고 이를 나누어 먹던 풍습은 우리 고유의 나눔 문화였습니다. 이러한 우리의 '김장 문화'가 2013년 유네스코 '인류 무형 문화유산'으로 등재되었습니다.

중세 유럽의 향신료 탐험은 1492년 콜럼버스의 신대륙 발견으로 이어졌습니다. 자신이 밟은 땅을 인도라고 착각한 콜럼버스는 후추를 찾지 못했지만 대신 감자와 고추를 발견하였습니다. 그는 자신의 일기에 '후추보다 더 좋은 향신료'라고 고추를 평했습니다.

이후 콜럼버스에 의해 유럽으로 전해진 고추는, 16세기 포르투갈

과 네덜란드 상인을 통해 아시아, 아프리카까지 퍼져 나갔습니다. 그렇게 고추는 한 세기 만에 전 세계로 전해졌고, 많은 사람의 입맛을 사로잡게 되었습니다. 그만큼 고추는 신대륙과 함께 발견한 또 다른 보물이었던 셈입니다.

현재 세계 곳곳에서 고추의 매운맛을 즐기고 있습니다. 우리가 고추장을 즐겨 먹듯 고추의 원산지인 멕시코를 중심으로 살사, 타바스코, 칠리 등 매운 소스가 발전했습니다. 동남아에서도 덥고 습한 날씨 때문에 음식에 곁들이는 양념이 발달해 인도네시아의 삼발, 태국의 남프릭 등 매운 소스가 개발되었습니다. 또 인도에선 매운 품종의 고추가 많이 생산되고 있는데, 특히 아삼 지역은 엄청난 매운맛을 자랑하는 부트졸로키아 고추가 재배되었습니다.

한편, 우리가 잘 알고 있는 '달콤한' 고추, 파프리카는 부드러운 고추의 변종으로 미국의 열대 지역에 뿌리를 두고 있습니다. 터키를 대표하는 향신료인 파프리카는 오스만 제국 당시엔 헝가리로 전파되었습니다. 파프리카는 단맛부터 매운맛까지 다양한데, 이 중 순한 맛의 파프리카 가루는 헝가리를 대표하는 향신료가 되었습니다. 헝가리식 쇠고기 스튜 '굴라시'는 파프리카를 활용한 가장 대표적인 음식입니다. 이렇게 고추는 매운맛, 순한 맛 가릴 것 없이 전 세계인의 입맛을 사로잡은 것입니다.

고추는 우리 식탁에서 빼놓을 수 없는 향신료이지만, 우리나라에 고추가 들어온 지는 400년밖에 되지 않는다고 합니다. 고추가 국내로 들어오게 된 시기를 놓고 의견이 분분한데, 임진왜란 즈음에 일본으로부터 들여온 것이라는 설이 일반적입니다.

중남미에서 유럽으로 건너온 고추는 포르투갈 무역선에 실려 1540년대 마카오와 중국 무역항에 도착합니다. 그리고 1543년 포르투갈 상인을 통해 일본 규슈까지 전해지게 됩니다. 그렇게 고추는 일본을 거쳐 지금의 부산인 동래 왜관을 통해 들어와 본격적으로 재배되기 시작했습니다. 임진왜란 이전에 이미 고추 재배가 경상도 일대로 퍼져 나간 것입니다. 재배가 어렵지 않은 덕분에 그 뒤 고추는 남에서 북으로 점차 확산되었습니다.

한국을 대표하는 김치는 고추 맛을 가장 잘 보여 주는 음식입니다. 하지만 김치가 원래부터 매웠던 것은 아니라고 합니다. '국물이 많은 절인 채소'라는 의미의 '침채'가 김치의 어원인데, 여기에 고추를 넣어 담그게 된 것은 1700년경부터입니다. 그 전까지는 마늘이나 산초, 생강, 파 등을 매운맛을 내는 향신료로 사용하고, 소금으로 간을 하여 발효시켜 먹었습니다.

1614편 편찬된 《지봉유설》에서는 일본에서 전래되었다 해서 고추를 '왜개자(일본에서 들어온 겨자)'라 불렀으며, 이익은 《성호사설》에서 '왜초'라고 일컬었습니다. 당시엔 고추를 일본인이 조선인을 독살할 목적으로 가져온 독초로 취급했다고 합니다. 그래서 멀리해 오다 향신료 가격이 오르면서 점차 고추로 눈을 돌리게 되었습니다. 18세기 들어 김치나 젓갈의 맛이 변하는 것을 방지하고 냄새를 제거하는 용도로 사용되면서 비로소 매운맛의 재료로서 자리 잡게 된 것입니다. 그 뒤 고추를 고초라고 불렀는데 이는 후추같이 매운맛을 내는 식물이라 하여 붙인 이름입니다. 이러한 과정을 거쳐 고추의 매운맛이 서민들의 밥상에 정착하게 된 것은 불과 19세기 초반이었습니다. 한국 요리가 맵다는 고정 관념도 실제로는 200년 남짓밖에 되지 않았다는 이야기입니다.

고추는 단순한 양념에서 더 나아가 고유한 민속주도 낳았습니다. 고추감주라 하여 고춧가루를 탄 감주는 감기를 낫게 하는 약으로 먹는 민속주입니다. 또 고추는 민속 약으로도 쓰이기도 했습니다. 신경통, 동상, 이질, 담 등의 민간요법에 쓰였습니다. 우리나라 사람들은 이질 등 세균이 침입해 염증을 일으키는 소화기 질환에 비교적 강한 반면, 매운 걸 잘 먹지 못하는 일본인들이 이질에 매우 약한 걸 보면 고추는 확실히 소화 기관을 강하게 만드는 것 같습니다.

우리에게 너무나도 친숙한 고추는 많은 매력을 지닌 채소로, 우리 민족과는 떼려야 뗄 수 없는 찰떡궁합의 향신료입니다. 보건복지부의 조사(2005년)에 따르면 우리나라는 1인당 하루 고추 섭취량이 7.2그램으로, 세계 최고 수준이라고 합니다. 심지어 매운 고추를 고추장에 찍어 먹는 유일한 나라입니다. 명실상부한 매운맛 대국입니다. 이제 고추의 알싸한 매운맛은 세계인들이 자꾸 찾는 맛이 되어가고 있습니다.

_《세상을 바꾼 음식 이야기》(세종서적, 2017)

홍익희 •••

한국외국어대학교 스페인어과를 졸업하고 1978년 대한무역투자진
흥공사(KOTRA)에 입사했다. 이후 보고타, 상파울루, 마드리드 무역관
을 거쳐 경남, 파나마, 멕시코, 마드리드 등지의 무역관장을 지내다 밀
라노 무역관장을 끝으로 2010년 정년퇴직했다. 현재는 세종대학교 교
수로 재직 중이다. 지은 책으로 《홍익희의 유대인 경제사》(1~10) 《유대
인 이야기》 《세 종교 이야기》 《세상을 바꾼 다섯 가지 상품 이야기》 《달
러 이야기》 《환율전쟁 이야기》 《월가 이야기》 《13세에 완성되는 유대인
자녀교육》 등이 있다.

역설의 미학
사랑의 결실

이숭원

나 보기가 역겨워

가실 때에는

말없이 고이 보내 드리오리다

영변寧邊의 약산藥山

진달래꽃

아름 따다 가실 길에 뿌리오리다

가시는 걸음걸음

놓인 그 꽃을

사뿐히 즈려밟고 가시옵소서

나 보기가 역겨워

가실 때에는

죽어도 아니 눈물 흘리오리다

_김소월, 〈진달래꽃〉, 《진달래꽃》(1925), 첫 발표는 〈개벽〉(1922.7)

대한민국 사람으로 이 시를 모르는 사람은 거의 없을 것이다. 이 시가 이처럼 국민 애송시가 된 이유는 무엇일까? 이 시는 우선 이해하기가 쉽고, 구조가 단순해서 외우기도 쉽고, 그 안에 담긴 생각이 애틋해서 감정의 여운이 길게 남을뿐더러 아어형 시어의 반복을 통해 낭독의 아름다움도 안겨 주기 때문이다.

이 시를 제대로 이해하기 위해서는 1920년대 평북 정주에서 생활한 김소월의 감각으로 되돌아갈 필요가 있다. 영변 약산에 피어나던 진달래꽃의 의미와 '가실 때에는'에 담긴 가정 어법의 의미를 제대로 파악해야 이 시의 참다운 정취를 음미할 수 있게 된다.

이 시의 화자는, 임이 자기가 싫다고 떠나는 날이 오면 말없이 고이 보내 주는 것은 물론이요 임의 앞길에 진달래꽃까지 한 아름 따다가 뿌려 줄 것이라고 말한다. 이 시에 등장하는 영변의 약산 진달래는 평범한 지명과 소재가 아니다. 영변은 김소월의 고향인 정주에서 가까운 곳이며 약산은 영변의 명승지다. 봄이 되어 약산에 진달래가 만발하면 그것을 구경하기 위해 사람들이 몰려들던 이름난 곳이다. 우리가 봄이 되면 진해 벚꽃이나 지리산 철쭉을 보러 가자고 하듯이 그곳 사람들 사이에서는 약산 진달래 구경 가자는 말이 관용어처럼 쓰였다. 봄날의 약산 진달래는 그 시대 그 지방 사람들이 생각할 수 있었던 가장 아름다운 공간이다. 요컨대 이 시의 화자는 자기 곁을 떠나는 임에게 자기가 생각할 수 있는 최상의 아름다움을 안겨 주고자 한 것이다. 평안도에서 아름답기로 소문난 약산 진달래를 두 팔로 한 아름 따다가 임이 가는 길을 아름답게 꾸며 축복하겠다는 뜻이다.

가시는 걸음마다 놓인 그 꽃을 "사뿐히 즈려밟고" 가라고 화자는 말한다. 《국어대사전》(3판, 이희승 편, 민중서림, 1995)에는 '즈려밟다'의 의미를 "제겨디디어 사뿐히 밟다."라고 밝히고 〈진달래꽃〉의 이 시행을 예문으로 제시하고 있다. '제겨디디다'라는 말은 "발끝이나 발뒤꿈치만으로 땅을 디디다."라는 뜻이다. 즉 '사뿐히 즈려밟고'는 힘을 주어 눌러 밟는 것이 아니라 마치 구름 위를 걸어가듯 아주 사뿐하게 밟고 가는 것을 의미한다. 그러므로 2연과 3연의 의미는, 떠나는 임의 길에 모든 사람들이 아름답다고 하는 약산의 진달래를 펼쳐 놓을 터이니, 그 아름다운 꽃길을 마치 구름을 밟고 가듯 그렇게 우아하고 사뿐하게 밟고 가라는 뜻이다.

우리는 다음으로 1연과 4연의 "가실 때에는"이 가정의 어법이라는 점을 주목해야 한다. 지금의 상태는 임과 화자가 어떤 형태로든 만나고 있고, 그런 처지에서 떠날 것을 예상하며 자신의 생각을 말한 것이다. 지금 당신이 나를 진정 사랑하는지 어쩌는지 알지 못하지만, 설사 당신이 미래의 어느 날 내가 싫다고 내 곁을 떠나는 그런 때가 와도 나는 당신을 미워하거나 붙잡고 앙탈하지 않고, 당신이 가는 길에 아름다운 약산 진달래를 가득 뿌려 줄 것이며, 그리하여 그 길이 아름다움으로 충만하기를 빌 뿐이다.

　물론 이렇게 말하는 문맥의 내면에는 당신이 나의 진심을 알고 내 사랑을 받아 주기를 바라는 마음이 담겨 있지만 그것은 표면에 드러내지 않았다. 이 시의 아름다움은 일차적으로 이러한 감정과 생각의 아름다움에서 온다. 임이 떠나는 그 순간에도 임의 앞길을 아름답게 꾸며 주려는 사람이라면 그 사람의 내면은 드맑고 아름답다 아니할 수 없다. 한마디로 말하여 그는 진정한 사랑을 할 줄 아는 사람이다.

　임이 떠날 때 "죽어도 눈물 흘리지 않겠다"고 말한 것도 앞의 시행과 관련지어 생각하면, 님에게 홀가분한 떠남을 마련해 주기 위한 화자의 배려임을 알게 된다. 4연은 1연의 반복이면서 시상의 종결을 지어야 할 대목이다. 그러므로 서정적 문맥으로 볼 때 말없이 고이 보내 드리는 것 이상의 강화된 의미가 제시되어야 한다. 그리고 그 위치는 이별의 슬픔을 누르고 임의 앞길을 아름답게 치장하겠다는 뜻을 말한 다음 대목이 적당하다. 만일 진달래꽃으로 치장하겠다고 해 놓고 눈물을 흘리며 대성통곡을 한다면 그것은 아름다움을 보여 주는 것 자체가 위선이며 가식임을 드러내는 결과가 된다. 정말 임이 아름다운 길을 걸어 사뿐히 떠나가기를 기원하는 경우라면 한 방울의 눈물도 흘려서는 안 될 것이다. 그러한 의미에서 "죽어도 아니 눈물 흘리오리다"라는 시행이 구성되었을 것이다.

그러면 정말 이 시의 화자는 임이 떠날 때 진달래꽃이나 뿌려 주며 죽어도 눈물을 흘리지 않겠다고 생각한 것일까. 이 시에 제시된 상황은 앞에서 말한 것처럼 미래의 시점을 가정한 것이기에 실제적인 것은 아니다. 그러나 현재 이 말을 하는 화자의 절실성에 비추어 보면 이 모든 언술이 참이라고 우리는 믿어야 한다. 지금 임을 사랑하는 강도가 절정에 달하여 임에게 목숨까지도 바칠 수 있는 상황인데 눈물 흘리지 아니하고 임을 고이 보내 주는 것을 못한 데서야 말이 되지 않는다. 이 시의 화자는 훨씬 높은 차원에서 감정의 양태를 굽어보며 임에게 단수 높은 사랑을 호소하고 있는 것이다. 이런 멋진 여자라면 정말 사랑해 볼 만도 하다는 생각이 임에게 떠오르기를 기대하면서. 그러므로 이 시의 진의는, 떠남에 있는 것이 아니라 만남에 있으며, 사랑의 상실에 있는 것이 아니라 사랑의 결실에 있다. 이별의 상황을 설정하여 화자의 가슴에 있는 사랑의 진실을 표현한 것이다.

　또 한편으로 이 시의 아름다움은 이러한 의미 구조를 뒤받쳐 주는 정제된 형식과 미묘한 시어의 배치에서 온다. 시의 각 연이 거의 대등한 율격을 지니면서 약간의 음절 조절을 통해 소리와 어미의 변형을 꾀하는 수법이라든가, '~리오리다'를 세 연에 걸쳐 반복하면서 그 중간인 3연에 "가시옵소서"를 집어넣어 소리의 반복과 변화를 도모한 방법, "역겨워/가실 때에는"이라는 투박하고 거친 음감의 말 다음에 부드러운 어감의 말을 배치하여 대조적 효과를 노린 것 등 이 시의 소리 구조는 의미 구조와 완벽한 호응을 이루고 있다. 그렇기 때문에 이 시는 읽으면 읽을수록 음률의 아름다움이 고조된다.

소리와 의미의 호응은 서정시의 본질인데 그 호응이 간결한 형식 속에 이만큼 잘 이루어진 시도 사실 별로 없다. 그런 뜻에서 우리는 이 시를 서정시의 전범에 속하는 작품이라고 말할 수 있다. 바로 그렇기 때문에 이 시가 많은 사람들에게 회자되었고 읽는 사람마다 이 시에 친숙감을 느끼며 '의미 있는 소리'의 세계에 젖어들었던 것이다. 이러한 서정시의 전범을 만들어 낸 사람이 김소월이다. 그는 우리 서정 민요의 가락을 이어받아 오로지 혼자서 이 일을 했다. 1920년대 근대시 형성에 끼친 김소월의 공적은 이처럼 눈부신 것이었고 그 미학의 여운은 지금까지 이어지고 있다.

_《교과서 시 정본 해설》(Human&Books, 2008)

이숭원···

　1955년 서울에서 태어나 서울대학교 국어 교육과와 같은 대학교 대학원 국어 국문학과를 졸업했다. 충남대학교와 한림대학교 교수를 거쳐 현재 서울여자대학교 국어 국문학과 교수로 재직 중이다. 시와시학상, 김달진문학상, 편운문학상, 김환태평론상, 불교문학상 등을 받았다. 저서로는《백석을 만나다》《백석 시의 심층적 탐구》《정지용 시의 심층적 탐구》《김기림》《노천명》《세속의 성전》《감성의 파문》《폐허 속의 축복》《초록의 시학을 위하여》등이 있다.

유럽은 왜 빵빵 할까?

조지욱

북서 유럽의 여행은 즐겁다. 영국, 프랑스, 독일 등 누구나 한 번쯤은 가 보고 싶은 나라. 그런데 이들 나라에서 정말 나를 기쁘게 하는 것은 다름 아닌 빵이었다. 어디를 가나 빵, 빵이다. 그래서 보고또 보고, 먹고 또 먹어 본다. 어쩌다 유럽은 빵 천지가 되었을까?

바삭하고 구수한 바게트는 프랑스의 대표 빵이다. 바게트는 딱딱하게 구운 빵으로 구수한 맛이 나는 것은 누룽지가 만들어지는 원리와 비슷하기 때문이다. 프랑스빵은 만든 후 여덟 시간 안에 먹는 것이 최고란다. 그래서 프랑스 사람들은 먹을 때마다 필요한 만큼 산다. 프랑스빵은 크기나 모양에 따라 이름이 제각기인데 '바게트'는길이 67~68센티미터, 무게 280그램의 빵이다. 프랑스에서는 신선

한 빵 맛을 위해 비닐 포장지 대신 통풍이 잘되는 포장지를 쓴다고 한다. 통풍이 안 되면 빵 표면이 눅눅해지기 때문이다.

독일의 대표 빵, 브레첼은 중세 교회에서 구운 축제용 빵으로 매듭 모양으로 되어 있다. 밀가루 반죽에 소금을 뿌려 구워 낸 것으로 아침에는 주로 식사용이지만 짭짤하고 쫄깃하여 맥주 안주로도 인기가 좋다. 뮌헨의 맥주 축제인 '옥토버페스트'로 인해 더 유명해졌다.

영국으로 가면 잉글리시 머핀이 나를 기다린다. 이 빵은 중국의 호떡이 실크 로드를 따라 유럽에 와서 바뀐 것이다. 잉글리시 머핀은 이스트나 베이킹파우더를 사용하여 팽창시킨 것으로, 수평으로 잘라 햄이나 소시지, 야채를 올려 먹거나 버터나 잼을 발라 먹으면 더 맛있다. 이외에도 덴마크의 데니시 페이스트리, 네덜란드의 더치 브레드 등 종류도 이름도 다양하다.

북서 유럽은 영국, 프랑스 북부, 독일, 네덜란드, 덴마크, 스칸디나비아 3국(노르웨이, 스웨덴, 핀란드)을 포함하는 곳이다. 오늘날 많은 사람들이 살아 보고 싶은 나라, 그렇게 되고 싶은 나라들이 이곳에 많다. 우리나라 사람 중에도 독일이나 노르웨이의 사회 제도를 꿈꾸는 사람들이 많다. 하지만 이곳의 기후는 사회 제도만큼 좋지는 않다. 서안 해양성 기후라고 하는데, 대륙의 서쪽에 있으면서 바다의 영향을 받기 때문에 붙여진 이름이다.

북서 유럽은 대부분 중위도에 속하며 유라시아 대륙의 서쪽에 있고, 편서풍의 영향을 크게 받는다. 편서풍은 중위도에 부는 바람으로 서쪽에서 동쪽으로 분다. 과거 콜럼버스가 아메리카를 발견하고 난 후 다시 유럽으로 돌아올 때 이용했던 바람이기도 하다. 편서풍은 대서양을 지나며 바다의 습한 성질을 가지고 북서 유럽에 도착해서 기후에 영향을 준다. 바다는 육지에 비해 서서히 데워지기 때문에 여름에도 기온이 많이 오르지 않는다. 그래서 북서 유럽에는 여름 평균 기온이 영상 22도를 넘지 않는 곳이 많다. 만약 우리나라의 여름 평균 기온이 22도를 넘지 않았다면 그해 벼농사는 최악의 흉년일 것이다. 이런 이유로 북서 유럽인들은 서늘하고 건조해도 잘 자라는 밀을 재배하고, 너른 풀밭을 이용해서 소를 키웠다. 밀은 그냥 먹으면 쌀처럼 달달하지 않고, 까칠하고 맛이 없다. 그래서 가루를 내서 빵이나 면을 만들어 먹었다.

북서 유럽의 땅은 경작지로 쓰기에는 박토가 많다. 빙하기 때 빙하로 덮여 있어서 새로운 퇴적물이 쌓이지 못해 영양분을 공급받지 못한 토양이다. 그러니 농사를 몇 년 지으면 아예 못 쓰는 땅으로 바뀌었다. 그래서 어떤 농부는 감자, 사탕무, 밀 등 땅으로부터 영양분을 많이 빼앗아 가는 것과 그렇지 않은 것을 돌려 가며 농사를 지었다. 또 어떤 농부는 경지를 계절에 따라 경작을 하는 땅과 쉬게 하는 땅으로 나누고, 일정 기간이 지나면 순서를 바꾸었다. 휴경지는 경지가 되고, 경지는 휴경지가 되게 한 것이다.

"서늘한 여름, 빙하 박토가
세계 최고의 빵을 만들다."

유럽의 빵 맛을 결정한 숨은 주인공은 소금이다. 북서 유럽에 있는 북해 연안은 세계적인 갯벌 지역으로, 이들에게는 오래전부터 최고급 천일제염을 만드는 기술이 있었다. 프랑스에서 생산되는 '플뢰르 드 셀(소금의 꽃)'은 유럽 최고의 소금으로 프랑스 고급 요리에는 반드시 들어간다고 한다.

오래전부터 북서 유럽에서는 빵을 즐겨 먹었다. 당시의 빵은 지금처럼 화려하지도 재료가 복잡하지도 않았다. 그들이 즐겨 먹던 빵은 밀가루에다가 물과 약간의 소금만 넣어서 자연 발효로 만들어 투박하게 생겼다. 크기도 어른 머리통만 한 것도 있을 만큼 지금보다 훨씬 컸다. 작게 만들면 금방 딱딱해져서 오래 보관할 수 없기 때문이었다. 시간이 흐르면서 어떤 빵은 그 모습 그대로 명품이 되었고, 어떤 빵은 업그레이드가 되어서 명품이 되었다.

유럽은 신대륙 발견 이전까지만 해도 농사에 불리한 자연환경 때문에 먹고사는 것이 참 힘들었다. 그러나 시련이 사람을 강하게 만들어 주듯이 서늘한 여름, 빙하 박토라는 열악한 환경이 세계 최고의 빵을 만들게 했다. 유럽이 빵빵 하는 이유는 바로 열악한 자연환경을 극복한 그들의 땀방울이었다.

_《유럽은 왜 빵빵 할까?》(나무를심는사람들, 2018)

조지욱 •••

　동국대학교 지리교육학과와 같은 대학교 대학원 지리교육학과를 졸업했다. 부천의 고등학교에서 한국 지리와 세계 지리를 가르치고 있다. 지리를 확장하여 창조적 사고로 이끄는 이야기를 좋아하여 여러 권의 책을 펴냈다. 쓴 책으로《동에 번쩍 서에 번쩍 세계 지리 이야기》《문학 속의 지리 이야기》《길이 학교다》등이 있으며, 중학교 《사회》, 고등학교 《세계 지리》교과서,《EBS 수능특강 세계 지리》등을 집필했다.

읽기의 세 단계

'왜?'라고 묻기, 답을 찾기, 평가하기

탁석산

여러분,《흥부전》을 읽은 적이 있나요? 실제로 읽어 보지 않았다 하더라도 무슨 내용인지 다들 알고는 있을 겁니다.《흥부전》하면 뭐가 생각나지요? 가난한데 자식은 많은 흥부네, 부자이지만 못된 놀부가 떠오르지요. 밥주걱으로 얻어맞은 흥부, 다리 다친 제비도 빠뜨릴 수 없고요. 제비 다리를 고쳐 주었더니 보답으로 제비가 박 씨를 물어다 주었고, 박에서 나온 금은보화 덕에 흥부는 부자가 되었지만 놀부는 욕심을 부리다 쫄딱 망한다는 줄거리였지요. 책을 읽으면 줄거리가 생각나고 이런저런 이미지가 떠오르는 일은 자연스러운 현상입니다.

그런데 이것으로 책 읽기를 끝냈다고 할 수 있을까요? 주인공을 알고 줄거리를 파악한 것만으로는 충분하지 않습니다. 물론 그런 것들도 우리에게 생각할 거리를 던져 줍니다. 하지만 기껏 시간을 들여서 책을 읽었는데 그 정도에서 멈춰 버리면 좀 아깝습니다. 워낙 유명한 이야기라 안 읽은 사람과 별 차이도 없지 않습니까? 그러니 우리는 좀 더 파고들어 가 봅시다.

'왜?'라고 묻는다

그럼 제대로 된 읽기, 깊이 있는 책 읽기를 하기 위한 첫 단계는 무엇일까요? 그것은 앞서 말했듯이 '왜?'라고 묻는 것입니다. 《흥부전》에서는 '왜?'라고 물을 수 있는 대목이 꽤 많습니다. 예를 들어 보겠습니다.

- 왜 놀부는 흥부를 집에서 내쫓았을까?
- 왜 흥부는 가난한데도 자식을 스무 명이나 낳았을까?
- 왜 제비가 놀부에게 물어다 준 박씨는 흥부의 것과 달랐을까?

이렇게 물어보는 것이 첫 단계입니다. '왜?'라고 물을 수 있으려면 책 내용을 완전히 파악하고 있어야 합니다. 줄거리는 물론이요, 전체 이야기 속에서 어떤 사건이 중요한지도 알아야 하지요.

여러분은 수업 시간에 질문을 곧잘 하나요? 아마 그렇지 않겠지요. 질문할 기회도 별로 없지만 기회를 얻어도 선뜻 질문하기가 참 힘듭니다. 질문해 본 적이 그리 많지 않은 데다 지금 내가 뭘 궁금해하는지 고민하는 훈련이 부족하기 때문일 겁니다.

《흥부전》을 읽더라도 '아아, 착하게 살자는 이야기구나.' 하고 넘어가면 마음속에 '왜?'라는 질문이 떠오를 리 없습니다. 계속해서 일부러 '왜?'라고 묻는 연습을 해야 합니다. 질문은 저절로 샘솟지 않습니다. 책을 읽으면서, 읽고 난 뒤에 반드시 마음속으로 '왜?'라는 질문을 던져 보아야 합니다. 그러다 보면 책 전체에서 무엇이 중요한지 그리고 무엇을 생각해 보아야 하는지 점차 깨닫게 됩니다.

그런데 닭이 먼저냐 달걀이 먼저냐 같은 이야기가 될 수도 있지만, 신기하게도 억지로라도 질문을 던지다 보면 차츰 흥미가 생깁니다. 질문하기 위해서 수업 내용을 다시 정리해 볼 수밖에 없으니까요. 그러면서 무엇이 문제일까 점점 더 깊이 생각하게 되지요. 바로 이 점이 중요합니다. 질문을 던져야 비로소 생각하기 시작한다는 겁니다.

답을 찾아 적는다

그럼 《흥부전》을 읽고 떠오른 질문 중 하나를 골라 봅시다. 왜 놀부는 흥부를 내쫓았을까? 이 질문에 답을 해 볼까요.

왜 놀부는 동생을 내쫓았을까요? 기억이 나나요? 놀부가 평소에 욕심이 많아 그랬다고 답할 수 있겠지요. 부모에게서 물려받은 재산을 독차지하려고 그랬다는 답도 나올 수 있고요. 어떤 답이 나오든 놀부가 욕심이 많고 못됐기 때문이라는 것이겠지요.

하지만 《흥부전》을 다시 읽어 보면 다른 이유도 찾을 수 있습니다. 먼저 알아 두어야 할 것은 흥부전은 오래된 이야기이다 보니 여러 버전이 있다는 점입니다. 현대어로 풀어 쓴 것도 있고 핵심만 간추린 것도 있지요. 여러분이 본 책이 어떤 버전인지는 모르겠지만, 제가 읽은 책을 살펴보면 단순히 놀부가 욕심이 많다거나 성격이 못됐다는 것 말고 다른 이유도 등장합니다. 여러분도 각자 가지고 있는 《흥부전》을 다시 한번 읽어 보면 좋겠습니다. 처음부터 이유를 생각하면서 읽었다면 시간이 절약되었겠지만, 책을 다 읽은 다음에 질문거리가 떠올랐을 때는 다시 훑어볼 수밖에 없습니다. 어쨌든 놀부의 입장에서 흥부를 내쫓은 이유를 정리하면 다음과 같습니다.

- 놀고먹는 사람은 돌봐 줄 필요가 없다.
- 지금의 재산은 모두 내가 노력해서 모은 것이니 더는 흥부네 식구들을 도와줄 수 없다.
- 어렸을 때 부모한테서 차별 대우를 받았다. 동생인 흥부만 귀여움을 받았고 나는 일만 했다.

이 이유들은 《흥부전》에 나오는 놀부의 대사를 보기 쉽게 정리한 것입니다. 어때요? 놀부의 말이 전부 믿을 만한지는 다시 따져 봐야겠지만, 일단 이것들을 보니 욕심 많고 심술궂으며 억지만 부리는 놀부라는 이미지가 많이 사라지지 않나요? 책에서 필요한 내용을 찾아서 정리했을 뿐이니 그렇게 어렵지는 않을 겁니다. 하지만 이런 요약도 처음에는 연습이 필요하지요.

책 읽기의 둘째 단계는 이처럼 '왜?'라는 질문에 대한 답을 찾는 것입니다. 지금껏 그저 놀부가 심술궂거나 욕심이 많아서 흥부를 내쫓았다고 생각한 사람이 많을 겁니다. 그러한 생각도 아예 틀린 것은 아니지만 막상 책에서 찾아보니 놀부 나름대로 이유가 있었습니다.

이제 우리가 찾아낸 답을 토대로 논증 형식을 구성하면 둘째 단계가 마무리됩니다. 논증 형식이 뭐냐고요? 그것은 '~이기 때문에 ~이다.'라고 말하는 것입니다. 처음 본다고 지레 겁먹지 맙시다. 일단 놀부가 흥부를 내쫓은 이유들로 논증 형식을 만들어 보지요. 특별한 내용을 덧붙일 필요는 없고 질문에 대한 답만 잘 정리하면 됩니다. 질문이 뭐였지요? '왜 놀부는 흥부를 내쫓았을까?'였습니다. 그러니 답은 '이러저러한 이유로 흥부를 내쫓았다.'라는 것이겠지요.

1. 놀고먹는 사람은 돌봐 줄 필요가 없다.
2. 지금의 재산은 모두 놀부가 스스로 노력해서 모은 것이니 더는 흥부네 식구들을 도와줄 수 없다.
3. 어렸을 때 부모한테서 차별 대우를 받았다. 동생인 흥부만 귀여움을 받았고 놀부는 일만 했다.
4. 따라서 놀부는 흥부를 내쫓았다.

이렇게 '왜?'라고 묻고 그에 대한 답을 찾아 논증 형식으로 정리하는 것이 제대로 된 책 읽기의 둘째 단계입니다. 의식하지 않았을 뿐, 우리는 논증 형식을 매일 숨 쉬듯 자연스럽게 쓰고 있습니다. '쟤는 참 밥맛없어. 그래서 나는 쟤가 싫어.' 이런 것도 논증이고, '엄마 아빠는 나한테 거는 기대가 너무 커서 실망도 크다.' 이런 것도 논증입니다. 물론 좀 더 복잡한 논증도 있지만, 나중에 하나씩 차근차근 다루겠습니다.

답을 평가한다

책 읽기의 셋째 단계에서는 앞서 정리한 논증을 평가해야 합니다. 놀부가 이런저런 이유를 대고 흥부를 내쫓았는데, 그냥 그렇구나 하고 넘어가는 것이 아니라 그 이유가 과연 말이 되는지 따져 보는 것이지요.

여러분, 어떻습니까? 여러분 생각에는 놀부가 앞서 제시한 이유로 동생을 내쫓는 것이 옳습니까? 놀부는 이렇게 생각했지요. 아무리 동생이라도 놀고먹는다면 도와줄 이유가 없다. 게다가 내가 부자가 되는 데 흥부는 이바지한 바가 없다. 그뿐 아니라 동생은 어렸을 때 부모님 덕분에 일도 안 하고 편하게 지낸 반면 나는 고생만 했다. 그러니 내쫓는 게 당연하다. 이렇게 생각하는 것이 정당한가요?

아니면 그래도 동생이니까 집에 있게 하는 것이 옳다고 생각하는지요. 아무리 자기가 재산을 모은 데 도움을 준 바가 없다 해도 동생을 내쫓는 것은 옳지 않다. 형제는 남과 달라서 이해관계를 따지는 사이가 아니다. 그리고 어렸을 때 놀부가 차별받았다고 하는데, 차별은 부모가 한 것이지 동생은 잘못이 없다. 따라서 그 분풀이를 동생에게 하는 것은 잘못이다. 놀부의 생각과는 전혀 다르지요. 그렇다면 둘 중 어느 쪽이 정당할까요?

생각이 복잡해졌습니다. 선뜻 '이쪽이 옳다!' 하고 말할 수가 없지요. 처음에는 단순히 놀부가 심술궂고 욕심이 많아서 동생을 내쫓았다고 여겼지만 이제는 상황이 조금 달라졌습니다. 놀부의 이유를 알게 되었고 과연 그 이유가 합당한지 고민하게 되었습니다. 지금 이자리에서 옳고 그름을 판정하지는 않겠습니다. 일단 자기 나름대로 어느 쪽이 더 정당할지 고민해 보는 정도로 충분합니다.

어쨌든 이런 고민은 질문을 던진 데서 시작되었습니다. 그런 다음 질문에 대한 답을 찾아 논증 형식으로 정리해 보았고, 마지막으로 이 논증이 과연 말이 되는지를 따졌습니다. 결론은 보류해 둔 상태이지만 이것이 세 단계로 나누어 살펴본, 제대로 책을 읽는 방법입니다.

이러한 과정을 거치면 책을 읽는다는 것이 단순히 줄거리를 파악하고 주인공의 이름을 외우는 데서 끝나는 일이 아님을 알 수 있습니다. 책을 읽는 것은 매우 적극적인 행위입니다. 공격적으로 질문을 던지고 그 질문에 답하고 그 답을 다시 평가해 보는 과정이기 때문입니다.

우리는 놀부가 흥부를 내쫓은 이유를 책 속에서 찾아내고 그 이유들이 옳은가를 따져 보았습니다. 아직 결론을 내리지는 않았지요. 이쯤에서 여러분이 한 가지 의문을 떠올렸을 듯합니다. '그런데

이 논증에 대해 어떻게 평가해야 하지?' 막연히 평가하려니 안갯속에서 길을 잃은 느낌일지도 모르겠네요. 물론 좋은 논증을 평가하는 기준과 방법이 있습니다. 단순히 내 기분이나 즉흥적인 생각에 따라서 판단했다가는 공정하지 않을 테니까요.

'~이기 때문에 ~이다.'와 같은 논증의 형식을 평가할 때는 앞뒤 관계가 얼마나 '좋은가'를 생각해 보면 됩니다. 앞의 이유를 듣고 뒤의 결론을 받아들일 수 있다면 '좋은 논증'입니다.

'쟤는 참 밥맛없어. 그래서 나는 쟤가 싫어.'라고 한 예를 볼까요. 쟤가 싫다. 그런데 그 이유가 밥맛없기 때문이라는 겁니다. 척 봐도 말이 안 되는 것 같습니다. 싫다는 말이나 밥맛없다는 말이나 똑같은 뜻이니까요. 이것은 '너는 나쁘니까 나빠.'라고 말하는 것과 같습니다. 그럼 '엄마 아빠는 나한테 거는 기대가 너무 커서 실망도 크다.'라는 말은 어떤가요? 이것은 훨씬 이해가 잘 되지요. 보통 기대가 크면 실망도 큰 법이니까요.

논증을 평가하는 구체적인 기준에 대한 설명은 조금 뒤로 미루겠습니다. 먼저 논리의 기초를 좀 더 튼튼히 쌓는 데 집중하지요.

지금까지 제대로 책을 읽는 방법에 대해 말했지만, 책 읽기가 재미있겠다고 흥미를 느끼기보다는 오히려 일이 많아졌다고 부담스러워할까 봐 걱정이 되네요. 역시 책 읽기는 어려워, 하고 포기하지는 않겠지요? 실망하기에는 이릅니다. 영화나 텔레비전, 게임과는 다르지만 책 역시 재미있게 읽을 수 있습니다. 논리에 너무 얽매이지 않으면서도 즐거움을 누릴 수 있는 방법이 있거든요. 뭐든지 재미가 있어야 하지 않겠습니까. 일단 책 읽는 게 재미가 있어야 질문도 하고 답도 하고 평가도 하겠지요.

_《달려라 논리 1: 모든 길은 논리로 통한다》(창비, 2014)

탁석산 • • •

　철학자 겸 저술가이다. 지은 책으로 《한국의 정체성》《한국인은 무엇으로 사는가》《행복 스트레스》를 비롯하여 논리학·철학 교양서인 《자기만의 철학》《철학 읽어 주는 남자》《오류를 알면 논리가 보인다》, 청소년을 위한 직업 교양서 《성적은 짧고 직업은 길다》《준비가 알차면 직업이 즐겁다》 등 다수가 있다.

탐구 여행을 위한 준비물

남창훈

탐구한다는 것은 질문하는 것이다

"중요한 것은 질문을 멈추지 않는 것이다."

아인슈타인이 한 말입니다. 사실 탐구는 질문에서 시작됩니다. 우리 마음에 어떤 의문이 들지 않는다면 그것을 알고자 애쓸 까닭이 없겠지요.

왜 모든 생명체는 나이를 먹으면 죽을까? 왜 하늘은 파랄까? 왜 손톱과 머리칼은 계속 자랄까? 왜 가을이 되면 나뭇잎이 떨어질까? 왜 가을 다음에는 겨울이 올까? 왜 비가 온 뒤 해가 뜨면 무지개가 나올까? 왜 우리 손가락은 열 개일까? 왜 더우면 땀이 날까? 왜 달은 모양이 늘 변할까? 왜 바닷물은 짤까? 왜 음식은 오래되면 상할까? 왜 사람마다 얼굴이 다르게 생겼을까? 왜 운동을 하고 나면 더울까? 왜 슬프면 눈물이 날까? 왜 들판에 부는 바람 소리와 숲을 가로지르는 바람 소리는 다를까? 왜 수박은 달고 레몬은 신맛이 날까?

왜? 왜? 왜? 질문은 끝이 없습니다. 여러분도 아주 어린아이였을 때 쉬지 않고 엄마에게 "왜?"라는 질문을 했을 것입니다. 하지만 언젠가부터 그 질문을 멈추게 되었을 테지요. 그 이유가 무엇일까요? 그 많던 질문에 대한 답을 알아냈기 때문일까요? 그렇다고 생각한다면 앞서 제가 던진 질문들의 답을 알고 있는지 스스로에게 물어보세요. 아마도 그 답을 다 알고 있는 사람은 없겠지요?

그렇다면 왜 우리는 질문하는 것을 멈추었을까요? 그 이유를 말하기에 앞서 가만히 생각해 보아야 할 것이 있습니다.

질문의 답을 들으려면?

그것은 '질문하는 것'이 무엇을 의미하는지입니다. 아, 그냥 궁금한 것이 생겨서 질문을 던지는 건데 거기에 무슨 의미가 있나 싶기도 하겠지요. 하지만 곰곰이 생각해 보면 질문을 한다는 것은 대화를 나누는 일임을 알 수 있습니다. 질문은 혼자서 하는 게 아니라 누군가에게 묻는 것이잖아요.

"왜 하늘은 파랄까?"라고 질문하는 것은 곧 하늘을 향해 말을 거는 것이겠지요. "왜 더우면 땀이 날까?"라고 질문할 때는 사람의 살과 그 아래에 있는 무언가를 향해 말을 거는 것이겠지요. 물론 하늘이나 살갗이 살아 있는 사람처럼 말로 대답하지는 않겠지요.

하지만 그 질문에는 하늘과 살갗만이 답을 해 줄 수 있어요. 하늘이나 살갗과 상관없이 우리가 상상하여 답을 얻을 수는 없을 테니까요. 그래서 질문을 하는 사람은 참을성 있게 그 대상이 던져 주는 답을 찾아내고 알아채려 노력해야 합니다.

우열의 법칙, 분리의 법칙, 독립의 법칙과 같은 유전 현상과 관련된 법칙을 발견하여 유전학을 개척한 멘델이라는 과학자가 있습니다.

그는 '부모에서 자녀에게로 유전이 어떻게 일어나는가?' 그러니까 '부모의 생김새나 성격, 체질이 어떻게 자녀에게 전해지는가?'라는 질문을 지니고 있었습니다. 멘델은 그 답을 찾기 위해 자신이 살던 수도원 뜰에 3만 그루에 가까운 완두콩을 심고 관찰했습니다. 7년이 넘게 말이지요.

멘델은 동그란 완두콩과 주름진 완두콩을 따로따로 나눈 다음 오랜 시간 동안 그것들끼리 따로따로 교배를 했습니다. 그 결과 동그란 순종 완두콩과 주름진 순종 완두콩을 얻었지요. 그리고 다시 이들을 섞어 교배를 했습니다. 그런 다음 동그란 완두콩과 주름진 완두콩이 각각 얼마씩 나올까 그 비율을 계산하였습니다.

계산한 결과, 동그란 완두콩과 주름진 완두콩의 비율은 신기하게도 1:1이 아니라 3:1이었습니다. 동그란 완두콩이 주름진 완두콩보다 더 많이 나온 것입니다. 이 결과를 통해 멘델은 우열의 법칙을 알아냈지요. 완두콩의 동그랗고 주름진 모양을 결정하는 유전 형질은 더 잘 드러나는 것과 잘 드러나지 않는 것이 있어서 이에 따라 유전

한다는 법칙이지요.

멘델은 수만 그루의 완두콩을 기르고 옮겨 심고 교배하면서 자신이 던진 질문들에 대해 완두콩들의 대답을 기다린 것이지요. 완두콩들은 평상시에도 누구나에게 그 답을 들려줍니다. 하지만 누구나 멘델처럼 그 답을 알아채지는 못합니다. 왜냐하면 대부분의 사람들은 완두콩의 모양이 왜 다를까 궁금해하지 않기 때문입니다.

뚜렷한 질문을 가지고 탐구 대상과 쉼 없이 대화하는 부지런한 탐구자만이 그 대답을 들을 수 있는 것이지요.

질문하기는 호기심으로부터

질문을 하기 위해서 무엇보다 필요한 것은 호기심입니다. 어떤 대상에 호기심을 갖는다는 것은 그 순간 그 대상에 몰두하고 있다는 뜻이겠지요. 그 대상의 모습이나 특성에 대하여 끊임없이 궁금해하는 중이라는 말이지요.

스타크래프트 게임을 좋아하는 친구들이라면 스타크래프트Ⅱ가 새로 나왔을 때 엄청나게 호기심을 갖겠지요. 스타크래프트Ⅱ에는 어떤 새로운 유닛과 건물들이 있을까? 각 종족들은 얼마나 새로워졌을까? 관전 모드에 새로 추가된 오버레이 기능은 뭐지?

이런 질문들이 자연스럽게 생기는 까닭은 이전에 스타크래프트를 하면서 몰두해 보았거나 지금도 몰두하고 있기 때문이지요. 자신이 몰두하는 대상이 다른 모습으로 변할 때 우리는 궁금증을 갖습니다. 이 궁금증은 바로 호기심의 다른 표현입니다.

스타크래프트 II에 대한 궁금증을 가진 친구는 그 게임이 출시되면 다시 그 안에 담긴 새로운 가상의 세계에 몰입하겠지요. 또 자신과 비슷한 궁금증을 가진 사람들이 모인 카페나 블로그에서 의견을 나눌 것입니다. 스타크래프트에 대한 애정이 있기 때문에 이런 행동을 하겠지요. 그래서 호기심이란 애정이나 애착의 표현이라 할 수 있습니다. 자연과 세상을 탐구하는 일도 마찬가지입니다.

침팬지 연구로 유명한 제인 구달의 경우에서도 알 수 있습니다. 어린 시절 제인 구달은 어머니에게 '쥬빌리'라는 침팬지 인형을 선물 받았습니다. 그녀는 쥬빌리에게 온갖 애정을 다 쏟아부었습니다. 나이가 들자 그녀는 그 애정을 실제 살아 있는 침팬지들에게 돌리게 되었습니다.

제인 구달은 40년 넘게 아프리카 탄자니아에서 침팬지들과 함께 생활했습니다. 그 결과 침팬지의 언어를 이해하여 의사소통할 수 있었고, 그들의 무리 생활을 이해하게 되었지요. 처음에는 경계하던 침팬지들조차 나중에는 제인 구달을 친구처럼 여겼습니다.

그녀가 침팬지와 그들의 무리 생활에 끊임없이 호기심을 지닐 수 있었던 까닭은 바로 침팬지에 대한 깊은 애정 때문입니다. 사랑하는 마음이 있을 때에야 우리는 그 대상에 깊이 몰두할 수 있고, 그 대상에 대해 끊임없이 질문할 수 있습니다.

꼬리에 꼬리를 무는 질문

질문하기는 마치 여행이나 등산과 닮았습니다. 길을 찾을 때 '물어 물어 간다.'라는 말이 있지요. 어떤 대상을 탐구하고 질문을 던지는 일도 마찬가지입니다. 어떤 질문을 던지고 답을 얻으면 그다음 질문으로 나아갈 준비가 되었다는 뜻입니다. 단번에 모든 것을 아는 일은 불가능하겠지요.

헤모글로빈 구조를 발견한 막스 페루츠는 탐구하는 것을 등산에 비유하였습니다. 산을 오르며 끊임없이 발견하는 다양한 꽃들과 눈을 맞추고, 계곡을 따라 흐르는 시원한 시냇물에 목을 축이는 모든 과정이 곧 탐구의 참 과정이라고 말했습니다.

높은 산의 정상에 오르듯 어떤 원대한 목표를 정복하는 것이 중요하다고 생각하기 쉽지요. 하지만 막스 페루츠는 그렇게 생각하지 않습니다. 탐구한다는 것은 길을 물어 물어 찾아가듯 하나의 질문을 던지고 그에 답하고 다음 질문을 발견하여 다시 답하는, 하나로 이어지는 과정과 같다고 생각하였습니다.

50여 년 전 과학자 왓슨과 크릭이 DNA 구조를 밝혔습니다. 그리고 DNA가 생명체를 구성하는 다양한 물질의 기본 정보라는 사실이 널리 인정되기 시작했습니다. '생명체를 구성하는 기본 정보는 무엇인가?'라는 질문에 대한 답을 얻은 것이죠.

이러한 해답은 아주 무궁무진한 다른 질문들을 불러일으켰습니다. DNA는 몸 안에서 어떤 과정을 통해 만들어지는가? DNA는 어떤 과정을 거쳐 생명체를 이루는 다양한 물질(단백질)로 바뀌는가? DNA가 인간과 같은 고등 동물에서 어떤 형태로 존재하는가? 어떤 과정을 통해 부모의 DNA가 자녀에게로 전달되는가? DNA는 어떻게 오랜 시간이 지나도 안정적으로 보존되는가? DNA에서 발견되는 돌연변이는 어떻게 생겨났을까?

마치 하나의 줄기에서 수없이 많은 뿌리가 뻗어 나오듯 하나의 답은 또 다른 질문들을 낳습니다. 그래서 마치 넓은 강물에 징검다리를 건너듯, 험한 산비탈에 돌계단을 오르듯 하나의 의문이 풀리면 그를 디디고 다음 질문을 하게 됩니다.

의심, 생명을 불어넣는 마법사의 물

영국 왕립 학회의 모토는 '다른 사람의 얘기를 그대로 믿지 말라(Nullius in verba)'입니다. 탐구한다는 것은 사람들이 철석같이 믿고 있는 사실을 당연하게 받아들이지 않고 의심하는 일을 뜻합니다.

파스퇴르가 살던 시대 사람들은 미생물이 저절로 발생한다고 믿었습니다. 권위 있는 학자들도 예외는 아니어서 이러한 믿음을 학설로 굳혀 놓기까지 했습니다. 하지만 파스퇴르는 권위에 따르지 않고 실험을 통해 반론을 폈습니다.

파스퇴르는 멸균시키지 않은 육즙은 발효가 되었지만, 멸균시킨 육즙에서는 발효가 일어나지 않고 원래의 맛과 모습을 계속 유지한다는 사실을 알아냈습니다. 생명이 없는 육즙이 변형되어 생명체인 미생물이 발생하는 것은 불가능하다는 사실을 보여 준 것이지요. 미생물이 무생물로부터 자연적으로 발생되는 것이 아니라 사람처럼 생명을 지닌 고유한 존재라는 사실을 입증했습니다.

의심은 마법사의 물과 같습니다. 의심을 하는 순간 죽어 있던 진실이 생명을 얻고 살아나기 시작하니까요. 그렇다고 밑도 끝도 없이 의심만 해야 한다는 이야기는 아닙니다. 모두가 옳다고 주장하는 이야기라도 틀릴 수 있다는 사실을 잊지 말아야 한다는 것입니다.

우리 주위에는 당연한 상식이 되어 우리의 생각을 지배하고 있는 믿음들이 있습니다. 여러분은 텔레비전을 통하여, 교과서를 통하여, 어른들의 이야기를 통하여 하나둘씩 받아들입니다. 하지만 그 믿음이 모두 진실일까요?

"자유 낙하를 하는 두 물체 중 더 무거운 것이 더 빨리 땅에 떨어진다."

아리스토텔레스는 이렇게 주장하고, 대부분의 사람들은 이 주장을 별 의심 없이 받아들였습니다. 하지만 갈릴레이는 이 주장에 의문을 품었습니다. 그리고 여러 번의 실험을 통해 모든 물체는 그 무게에 관계없이 똑같은 속도로 자유 낙하한다는 사실을 증명해 냈습니다.

코페르니쿠스 역시 누구나 믿고 따르던 프톨레마이오스의 생각, 즉 우주의 중심이 지구라는 생각에 의심을 품었습니다. 그리고 지동설을 통해 지구는 태양을 중심으로 도는 행성임을 밝혀냈습니다.

이처럼 탐구하는 것은 우리를 둘러싸고 있는 잘못된 믿음에 의심을 품고, 새로운 가설을 세우고 실험을 통해 입증하여 그 잘못을 바로잡는 일을 뜻합니다.

길을 찾는 등불, 상상력

한 번도 가 본 적이 없는 미지의 곳에 한 걸음 한 걸음 발을 내디딜 때 필요한 것은 무엇일까요?

용기, 순발력, 뛰어난 두뇌……. 여러분이 외치는 소리가 들리는 것 같네요. 용기나 뛰어난 두뇌만큼이나 중요한 것이, 아니 그보다. 더 중요한 것이 상상력이 아닌가 생각합니다.

"논리는 당신을 A 다음 B로 가도록 해 준다. 하지만 상상력은 당신을 어떤 곳으로든 다 인도해 준다."

아인슈타인이 한 말입니다. 원자만큼 작은 것부터 우주만큼 큰 대상까지 우리를 둘러싼 많은 사물 가운데 우리가 눈, 코, 귀로 확인하고 느낄 수 있는 것은 사실 아주 적습니다. 눈, 코, 귀로 확인할 수 없는 대상을 탐구할 때, 상상력은 아주 큰 힘을 발휘합니다.

1마이크로미터 크기로 작아지는 것이 제 꿈이라 얘기했지요. 사실, 실현 불가능한 꿈입니다. 하지만 저는 1마이크로미터의 세계를 상상할 수 있습니다. 그 세계에서 박테리오파지와 박테리아가 어떻게 만나고 헤어지는지 밤을 새워 상상할 수 있습니다.

원자만큼 작아져 원자 속에 있는 핵과 전자가 만들어 내는 멋진 풍경을 상상할 수도 있습니다. 한 줌의 물이 되어 강물을 떠다니다가 민물고기의 배 속으로 들어가는 상상도 할 수 있습니다. 혜성 위에 올라탄 채 항성과 행성들이 빼곡한 은하를 떠도는 상상은 어떤

가요?

사물을 탐구하기 위해서는 보고 만지고 냄새 맡는 것들에만 매달리지 않고 상상에 빠져야 합니다. 상상은 어두운 등산로를 비추는 랜턴 불빛과 같습니다. 그 불빛은 우리가 알고 있는 지식이 만들어 놓은 등산 지도의 끊긴 길들을 조금씩 이어 갈 뿐 아니라 간혹 잘못된 길을 바로잡기도 합니다.

탐구의 지도, 지식

'아는 만큼 보인다.'라는 말이 있습니다. 유럽의 대도시들을 여행하다 보면 성당이나 시청과 같은 크고 오래된 건물들을 쉽게 찾아볼 수 있습니다. 그 건물의 생김새를 주의 깊게 살펴보면 그 건물이 언제쯤 지어졌는지 알 수 있습니다.

왜냐하면 각 시대마다 건물을 짓는 방식이 달랐기 때문입니다. 비잔틴 양식, 고딕 양식, 로마네스크 양식과 같은 각 시대의 건축 양식에 대한 지식이 있는 사람의 눈에는 그 건물의 나이가 보입니다. 이처럼 지식에는 사물 안에 감춰진 사실을 드러내는 돋보기와 같은 힘이 있습니다.

또한 지식이란 경험을 통해서 알게 된 것들을 일컫기도 합니다. 사람들이 이미 가 본 곳을 알기 쉽게 정리한 것이 지도입니다. 아마존이나 아프리카의 처녀림은 아직 아무도 가 보지 않았기 때문에 지도에 나와 있지 않습니다.

과학 탐구를 하는 사람에게 이전 과학자들이 밝혀 놓은 지식은 돋

보기나 지도와 같습니다. 물론 지식이 없어도 자연 속의 사물들을 관찰하고 탐구할 수 있습니다. 하지만 지식이 없다면 아주 일부만 볼 수 있을 뿐이고 탐구를 하는 과정에서 쉽사리 길을 잃고 우왕좌왕하게 될 것입니다.

1990년부터 2003년까지 '휴먼 게놈 프로젝트'라는 큰 규모의 탐구가 국제적으로 이뤄진 적이 있습니다. 이것은 인간의 염색체에 있는 유전자의 염기 서열을 모두 다 분석하는 일이었습니다. 염기 서열을 모두 알게 되면 우리 몸을 이루는 단백질들에 대한 정보를 모두 얻을 수 있습니다.

많은 언론이 그 일에 참가한 과학자들의 첨단 기술에 대해 찬탄했습니다. 하지만 잊지 말아야 할 것이 있습니다. 이 일이 이전 과학자들이 탐구로 그려 놓은 거대한 지도 위에 작은 길 하나를 덧붙인 일에 지나지 않다는 사실입니다.

이전 과학자들은 100여 년 전 DNA를 처음 발견하였고, 왓슨과 크릭이 50여 년 전 그 구조를 밝혀냈으며, 프레더릭 생어는 40여 년 전 DNA의 염기 서열을 분석하는 방법을 밝혔습니다. 바로 DNA를 탐구하여 그에 대한 지식들을 지도를 그리듯 그려 놓은 것입니다. 이러한 지도가 없었다면 사람의 게놈을 분석하는 것은 꿈도 꿀 수 없었을 테지요.

하지만 과거의 지식에 너무 얽매인다면 우리가 마음껏 상상의 나래를 펼치며 탐구하는 데 방해가 되기도 합니다. 여행을 하는 사람에게 지도는 꼭 필요하겠지만 지도에 표시된 길이 잘못되었다면 자기 눈으로 발견한 길로 고쳐 그릴 줄도 알아야 합니다. 또 아주 심한 경우에는 잘못된 지도를 통째로 버릴 수도 있어야 하겠지요.

_《탐구한다는 것: 남창훈 선생님의 과학 이야기》(너머학교, 2010)

작가 소개

남창훈 ···

서울대학교와 퀴리 연구소에서 유기 화학, 생화학, 면역학 등을 공부하고 15년 동안 파리의 퀴리 연구소와 영국의 케임브리지 의학연구원 분자생물학 연구소(MRC-LMB) 등에서 일했다. 지금은 대구경북과학기술원(DGIST) 융복합대학 기초학부에서 탐구자이자 과학자의 삶을 살아가고 있다.

휴먼인터페이스 의존,
자연스러운 현상이다

이준기

전자 기기들이 우리 주위에 쌓여 가며 우리는 점점 기억을 놓기가 쉽습니다. 노래방 기기가 없으면 애창곡 하나도 못 부르고 내비게이션이 없으면 갔던 곳이라도 매우 낯설게 느껴지지요. 이런 문제는 저만의 문제가 아니고 우리 주위에서 흔하게 접할 수 있는 문제가 되어 이것을 디지털 치매라고 부르는 것 같습니다.

사실 전자 기기에 의존함으로써 기억을 못 하게 되고 자꾸 무엇인가를 잊게 되는 것에 대해 많은 염려가 있는 것은 사실입니다. 저도 그 현상 자체가 좋은 것이라고 주장할 생각은 전혀 없습니다. 하지만 제가 말하고자 하는 것은 이것이 단순히 좋다 나쁘다고 말할 수 없는 복잡한 현상이며 현대 사회에서 일하는 환경의 진보와 같이 진행됨을 말하고자 합니다.

경영 정보학을 공부한 사람으로 컴퓨터와 인간의 일에 관한 연구를 조금 해 보았습니다. 초기에 컴퓨터가 인간의 지적 노동력, 예를 들어 단순 계산이나 기계적인 일을 대신하게 됐을 때 많은 마르크스 중심의 학자들은 컴퓨터가 인간의 일을 대신함으로써 노동자는 일을 뺏기게 되고 자본가만 더 배부르게 된다는 주장을 했습니다.

이 논리는 아주 틀린 말은 아닙니다. 특히 컴퓨터 응용의 첫 번째 단계는 'Automate', 즉 자동화였으니 인간의 일을 컴퓨터가 대신한다는 것은 맞는 말이었습니다. 하지만 IT가 더 발달함에 따라 이 논리는 힘을 잃게 됐습니다. 오늘날의 컴퓨터는 그 자체로 새로운 비즈니스를 창출하고 있습니다.

사람들은 IT를 통해 좀 더 창조적인 일을 만들어 갑니다. 오늘날 구글이나 애플의 아이팟 등을 보면 IT 기기를 사용해 인간들에게 좀 더 나은 정보와 자료를 제공하고 있습니다. 그래서 나온 말이 1988년의 하버드대학교 교수 주보프Zuboff의 'Informate', 즉 정보의 창출입니다. 컴퓨터가 인간에게 진정으로 제공하는 가치의 1단계가 오토메이트였다면 인포메이트는 그다음 단계가 되는 것입니다. 초반에 컴퓨터는 인간의 일을 대체함으로써 인간의 능력을 감퇴시키는 측면이 있지만 사실 자세히 보면 정보를 통해 새로운 능력을 배가시키고 있습니다.

우리가 우리 주위의 기기들 때문에 점점 디지털 치매에 걸린다는 것에서 떠나 현대의 직장에서 진행되는 일을 생각해 보면 우리는 과거와 완전히 다른 방식으로 일하고 있음을 알게 됩니다. 세상은 훨씬 더 복잡해졌고 제공되는 정보의 양은 너무나 많으며 상대해야 하는 사람의 수도 훨씬 많아졌고, 무엇보다도 발달된 정보 통신 기술 때문에 이들을 실시간으로 상대해야 합니다. 그렇다면 지금의 현상의 요점은 기억의 감퇴가 아닌 주의 집중의 감퇴입니다.

주의 집중을 한 일에서 다른 일로 빨리빨리 넘어갈 때 우리는 각 일에 관한 정보를 모두 갖고 있기가 힘들게 됩니다. 즉, 하루에 서른 가지가 넘는 일을 처리하며 각각에 맞는 정보를 다 기억하기는 불가능합니다. 그렇다면 필요한 정보는 다른 곳에 저장했다가 빨리 찾아내어 사용해야 합니다. 다른 일로 넘어갈 때 지금 일의 정보에 관한 것은 다른 매체에 기억이 되고 후에 또다시 이 일로 돌아왔을 때 금방 접근이 가능해야 합니다. 우리는 스톤Linda Stone이라는 작가가 1998년에 말한 '끊임없는 작은 집중continuos partial attention'의 시대에 살고 있습니다. 이제 정보는 기억하는 것이 아니고 찾는 것이 되는 시대가 되고 있습니다.

이렇듯 현대의 일하는 환경이 바뀜에 따라 우리 뇌의 능력은 점점 기억하는 뇌가 아닌 필요한 정보를 빨리 찾는 뇌로 바뀌어 갑니다. 웹 2.0, 집단 지성 등의 현상은 이러한 전이를 더욱 부채질하고 있습니다. 내가 알고 있는 몇몇의 정보보다는 (내가 이 분야 전문가라고 치더라도) 다른 사람이 갖고 있는 모든 정보를 모아 놓은 것이 정보로써 훨씬 더 가치가 있으며 나만의 정보를 잘 기억하는 사람보다는 여기 저기 놓여 있는 정보를 효과적으로 잘 찾는 사람의 능력이 훨씬 중요하게 여겨지는 사회로 바뀌고 있다고 볼 수 있습니다.

MS의 MyLifeBits나 MIT 미디어랩Media Lab의 실험 프로젝트인 일상의 모든 일을 컴퓨터로 저장하는 프로젝트도 이런 면에서 흥미롭습니다. MIT의 프로젝트에서는 녹음된 일상의 모든 대화가 컴퓨터 프로그램을 통해 글로 변환돼 다 저장되고 있습니다. MS의 디지털 일기라는 프로젝트는 한술 더 떠서 모든 것을 비디오로 촬영하고 컴퓨터로 기록하며 필요한 것을 찾을 수 있게 해 줍니다. 물론 이것을 사용해 자동차 키를 어디에 두었는지 금방 알아낼 수도 있고 혹시 부부 싸움이 옛날에 그런 말을 했는지 안했는지 논쟁을 하는 것이라면 금방 결판이 날 것입니다.

어떤 사람들은 지금의 디지털 기기로의 의존은 결국 인간의 기억 능력을 크게 떨어뜨려 인간을 퇴보하게 만들 것이라고 합니다. 하지만 보조 기억이 기기로 이동하는 것이 기억 능력의 퇴보는 아니라고 봅니다. 정보를 어디서 찾을 수 있는가의 정보도 기억이 돼야 하며 앞으로는 정보 자체의 기억보다는 이런 정보를 찾을 수 있는 소스나 방법의 기억이 더욱 중요해질 것이기 때문입니다. 이것을 분석 능력의 퇴보로 이해하는 것도 지나친 비약입니다. 정보를 내 기억 속에서 찾건 다른 데에서 찾건 분석 능력은 계속 중요할 것이기 때문입니다.

아직도 많은 사람들은 전자 기기에 의존을 함으로써 많은 것을 잊어버린다고 불평을 하고 혹시 내가 디지털 치매라는 이상한 종류의 병에 걸렸는지 걱정을 하고 있는 줄 압니다. 그들에게 그것은

그저 미래형 인간을 향한 진보라고 편하게 생각하라고 말해 주고
싶습니다.

_《지식의 이중주》(북하우스 퍼블리셔스, 2009)

이준기 •••

  미국 카네기멜론대학교 사회학과에서 석사 학위를 받고, USC대학교 경영학과에서 박사 학위를 받았다. 현재 연세대학교 정보대학원 교수로 재직 중이다. IT를 이용한 경영 전략에 관심이 있다. 지은 책으로는 《웹 2.0 비즈니스전략》(공저) 등이 있고, 논문으로 〈ERP를 통한 지식경영〉 〈모바일서비스의 활용도와 프라이버시의 관계〉 등이 있다.

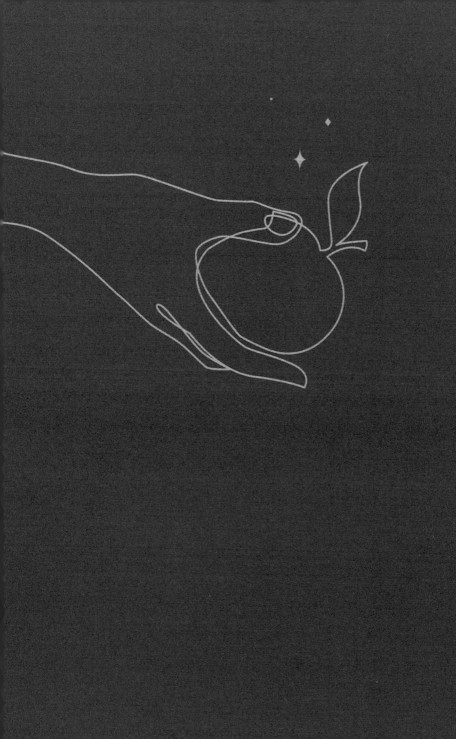

작품 출처와
수록 교과서

1부 어울림

작품명	저자	출처	수록 교과서
그림엽서	곽재구	《작은 나누미》(다림, 2008)	금성 3-1
동물의 권리에 관한 논의	이원영	《동물을 사랑하면 철학자가 된다》(문학과지성사, 2017)	지학사 3-2
동물원	김찬호	《문화의 발견: KTX에서 찜질방까지》(문학과지성사, 2007)	교학사 3-1
먹어서 죽는다	법정	《새들이 떠나간 숲은 적막하다》(샘터, 1996)	창비 3-2
모든 인간은 존엄하다	구정화	《청소년을 위한 인권 에세이》(해냄출판사, 2015)	비상 3-2
방망이 깎던 노인	윤오영	《곶감과 수필》(태학사, 2001)	교학사 3-1
빛 공해	이정환	〈한국경제〉(2009.09.22)	교학사 3-2
사립 학교 자리, 시새움과 책전이 키운 아이들	신경림	《못난 놈들은 서로 얼굴만 봐도 흥겁다》(문학의문학, 2009)	미래엔 3-1
우리에게 자동차는 무엇인가?	김찬호	〈동아일보〉(2008.04.14)	금성 3-2
장독대, 끝내 지켜 내던 가문의 상징	이호준	《사라져가는 것들 잊혀져가는 것들: 그때가 더 행복했네》(다홀미디어, 2008)	지학사 3-2
전쟁의 참혹함과 인정의 아름다움	박동규	《내 생에 가장 따뜻한 날들》(강이북스, 2014)	비상 3-2
젓가락질 잘해야만 밥 잘 먹나요?	엄지원	〈한겨레21〉 제979호 (2013.09.26)	천재(노) 3-2
직립 보행	법정	《서 있는 사람들》(샘터, 1978)	지학사 3-2
집을 수리하고 나서	이규보	《욕심을 잊으면 새들의 친구가 되네: 이규보 선집》(돌베개, 2006)	천재(노) 3-2

2부 나아감

작품명	저자	출처	수록 교과서
다시 읽는 한국 시	이어령	〈조선일보〉(1996.03.17)	교학사 3-2
들썩거리는 서민의 신명	오주석	《오주석의 옛 그림 읽기의 즐거움 1 (재개정판)》(신구학원신구문화사, 2018)	천재(박) 3-2
마트에 가면 왜 9,900원짜리 물건이 많을까?	박정호	《재미없는 영화, 끝까지 보는 게 좋을까?》(나무를심는사람들, 2017)	동아 3-1
많이 만들수록 줄어드는 생산비의 비밀	한진수	《청소년을 위한 경제학 에세이》 (해냄출판사, 2016)	천재(박) 3-2
야민정음, 발랄한 문자 놀이	박진호	〈서울대저널〉(2017.09.04)	금성 3-1
소금 없인 못 살아, 정말 못 살아	장인용	《식전: 팬더곰의 밥상견문록》 (뿌리와이파리, 2010)	비상 3-1
시간과 산업	안광복	《지식의 사슬: 지리 시간에 철학하기》 (웅진씽크빅, 2010)	천재(박) 3-1
신대륙의 숨은 보물, 고추 이야기	홍익희	《세상을 바꾼 음식 이야기》 (세종서적, 2017)	천재(노) 3-1
역설의 미학	이숭원	《교과서 시 정본 해설》 (Human&Books, 2008)	창비 3-2
유럽은 왜 빵빵 할까?	조지욱	《유럽은 왜 빵빵 할까?》 (나무를심는사람들, 2018)	지학사 3-2
읽기의 세 단계	탁석산	《달려라 논리 1: 모든 길은 논리로 통한다》(창비, 2014)	천재(박) 3-1
탐구 여행을 위한 준비물	남창훈	《탐구한다는 것: 남창훈 선생님의 과학 이야기》(너머학교, 2010)	미래엔 3-1
휴먼인터페이스 의존, 자연스러운 현상이다	이준기	《지식의 이중주》 (북하우스 퍼블리셔스, 2009)	금성 3-1

※ 천재(노): 노미숙, 천재(박): 박영목

스푼북 청소년 문학

국어 교과서 여행 중3 수필

초판 1쇄 발행 2021년 1월 25일

한송이 엮음

ISBN 979-11-6581-072-6 (43810)

발행처 주식회사 스푼북 | 발행인 박상희 | 출판신고 2016년 11월 15일 제2017-000267호

제조국 대한민국 | 주소 (03993) 서울시 마포구 월드컵북로6길 88-7 ky21빌딩 2층

전화 02-6357-0050(편집) 02-6357-0051(마케팅)

팩스 02-6357-0052 | 전자우편 book@spoonbook.co.kr